# 샤론의 별
### STAR OF SHARON

# 4

# 샤론의 별 4
### 서윤하 판타지 장편 소설

초판 1쇄 찍은 날 § 2001년 8월 10일
초판 1쇄 펴낸 날 § 2001년 8월 20일

지은이 § 서윤하
펴낸이 § 서경석
펴낸곳 § 도서출판 청어람
편집 § 문혜영 · 허경란 · 박영주 · 김희정 · 권민정
마케팅 § 정필 · 강양원 · 김규진

등록번호 § 제1081-1-89호
등록일자 § 1999. 5. 31
어람번호 § 제1-0132호

주소 § 경기도 부천시 원미구 심곡1동 350-1 남성B/D 3F (우) 420-011
전화 § 032-656-4452  팩스 § 032-656-4453
e-mail § eoram99@chollian.net

값 7,500원

ISBN 89-5505-110-7 (SET) / ISBN 89-5505-141-7 04810

서윤하 판타지 장편 소설

# 샤론의 별

## STAR OF SHARON

# 4

## 대륙 진출

도서출판
청어람

# 목차

PART X
# 동행

신(神)의 정표인 '라이브 스톤'을 가슴에 지니고 다시 태어난 맥슨은 여전히 훌륭한 샤론의 용사였다. 그는 나와 알프레드를 지키기 위해 최선을 다했다. 물론 알프레드는 이미 죽은 영혼이었지만 맥슨은 그래도 걱정이 되는 듯했다.

"큰 스승님, 제 곁에서 떨어지지 마세요."

"나는 괜찮다."

알프레드는 흐뭇한가 보다. 뱀파이어들이 이빨이 드러내며 노려보는데도 연신 빙글거리며 여유있는 표정이다.

"윌리암, 맥슨을 도와라."

"언제는 내가 놀기만 했어?"

나는 둘을 쳐다보며 툴툴거렸다.

"노파심에……."

"얼른 들어가기나 해요."

변명조로 읊조리는 알프레드를 '헤데지바의 거울'로 집어넣으려 했다.

"내가 있으면 불편하냐?"

"그런 건 아니지만, 옆에 있으면 신경 쓰여서 그래. 맥슨도 알프레드를 걱정하고 있잖아."

"알았다."

맥슨을 힐끔 쳐다본 알프레드가 아쉬운 표정으로 거울 속으로 사라졌다. 사실 꼭 그런 것은 아니지만 알프레드가 거울 속에 있으면 왠지 마법이 더욱 강해지는 느낌이 들었다. 마치 그가 정말로 거울의 요정인 듯한 착각이 들 정도였다.

"그만 노려보고 덤비시지?"

맥슨이 망토를 옆으로 펼친 사리체누에게 다가갔다.

"그 자만심이 얼마나 가나 보자."

"아직까진 싸움에서 져본 적이 없어서 나도 그게 궁금해."

"뭐야?"

사리체누가 어이없는 모습이다.

"떠들고만 있으면 궁금증이 풀리나?"

"이놈이……."

"내가 먼저 간다!"

말이 끝나는 동시에 맥슨이 땅을 박차고 올랐다.

"이얍!"

갑작스러운 공격에 뱀파이어가 주춤했다.

쨍그랑!

무의식적으로 맥슨의 칼을 망토로 막은 사리체누가 신음 소리를 흘렸다.

"으읍!"

너무 빨랐다. 바로 옆에서 보고 있던 나조차도 맥슨이 언제 사리체누의 코앞까지 다가갔는지 알지 못했다. 저것이 곰탱이 맥슨이 맞나 의심스러울 정도였다.

"흥! 이것도 막아보시지."

검은 망토에 부딪치며 퉁겨 나온 칼자루가 춤을 추듯 휘청하더니 숨 돌릴 틈도 없이 뱀파이어의 아래를 후려쳤다.

"어헉!"

연이어 신음 소리를 쏟아내며 맥슨의 공격을 피해 공중으로 날아오른 사리체누가 놀란 표정을 지었다.

"제법이구나."

사리체누의 말투에는 대단한 능력을 지닌 인간에 대한 놀라움으로 가득했다. 하지만 맥슨은 신경 쓰지 않았다. 그는 곧바로 칼을 흰머리의 뱀파이어에게 던졌다.

"괴물아, 죽어라!"

그때 알프레드가 소리쳤다.

"윌리암, 어서 마법을 써라!"

멍하니 싸움을 바라보던 나는 얼떨결에 마법을 주문했다.

"파이어 웨폰!"

조금 전에도 썼던 무기에 불을 붙이는 강력한 마법이었다.

슈슈슈!

손에 쥐고 있던 거울에서 붉은빛이 발사됐다.

펑!

사리체누에게 날아가던 맥슨의 커다란 칼에 붉은 빛줄기가 정확히 맞으며 환한 불이 일어났다. 마치 번개를 맞은 새 같았다. 짧은 순간에 일어난 조화였다.

쿠르르쿵!

뱀파이어는 피할 시간도 없이 동굴의 벽이 갈라질 정도로 무섭게 흔들리는 충격을 그대로 맞아야 했다.

"커어억!"

뱀파이어의 몸이 뒤쪽으로 날아갔다.

쿵!

불붙은 맥슨의 칼은 사리체누의 가슴을 관통한 채 동굴 벽에 꽂혔다. 흰머리가 아래로 떨구어졌다.

"별것도 아닌 게……."

손바닥을 털고 일어나는 맥슨의 얼굴에 미소가 가득했다. 그는 서서히 예전의 실력이 나오고 있었다. 다시 태어난 덩치 큰 친구는 아버지의 말대로 헤라트의 저주까지 풀린 상태였다. 하지만 그 사실을 알고 있지 못한 박쥐들은 눈을 번득였다.

"맥슨, 아직은 안심하면 안 된다."

"알아요."

맥슨이 다시 몸을 추스르며 싸움 자세를 취했다. 칼을 던져 버린 그의 손에는 어디서 주웠는지 몽둥이가 들려 있었다. 역시 용사다운 모습이었다.

"그런데 놈들이 왜 가만히 있죠?"

"글쎄……?"

알프레드의 걱정하고는 다르게 박쥐들은 우리 일행을 노려보기만 할 뿐 움직이지 않았다. 그 이유는 알지 못했지만 우리에게는 그나마 다행이었다.

"천천히 입구를 향해서 움직여라."

거울 속의 알프레드가 상황을 눈치 채고 조용히 속삭였다.

"맥슨."

나는 알프레드의 지시에 따라 맥슨의 소매를 잡아당겼다. 그때 벽과 천장에서 변화가 일어났다.

슈슈슈슈!

슈슈슈슈!

빨간 눈동자를 번뜩이던 박쥐들이 흐느적거리며 모두 사람의 모습으로 변하였다. 그리고는 벽에 꽂혀 죽어 있는 사리체누를 중심으로 몰려들었다. 그 숫자가 너무 많아 동굴을 가득 채우며 우리 일행 쪽으로 밀려 나왔다.

"조심해!"

내 손에 끌려 등을 기대며 따라오던 맥슨이 멈칫했다.

"이놈들이……!"

맥슨은 나를 나가던 방향으로 힘껏 밀었다.

"으헉!"

나는 힘없이 바닥으로 뒹굴었다.

"멈춰라!"

맥슨이 저만치 물러나며 몽둥이를 휘둘렀다. 차곡차곡 줄을 서던 뱀파이어의 덩어리는 빠른 속도로 우리에게 다가오고 있었다. 놈들은 모두 사리체누와 같은 모습이었다. 하얀 머리에 빨간 눈, 그리고 기다란 이빨과 망토는 판에 박은 듯했다.

"픽!

맨 앞을 채우던 뱀파이어의 머리가 맥슨의 손짓 한 번에 깨져 나
갔다. 하지만 이상한 것은, 아무리 맥슨의 동작이 빨랐다고는 하지
만 놈이 대항하려는 동작도 취하지 못한 채 그 자리에서 당한 것이
다.

픽! 픽! 픽!

연속적으로 앞을 채우는 뱀파이어의 머리들이 박살났다. 그들도 처
음에 머리를 헌납했던 동료처럼 반항하지 않고 선 자세로 맥슨의 심
판을 받고 있었다.

"커어억!"

사방으로 뱀파이어의 하얀 피가 튀었다.

"윌리암, 어서 피해!"

아직도 땅에 엎드려 있던 나는 다급한 맥슨의 목소리를 들으며 서
둘러 몸을 일으켰다. 그러나 허리를 반쯤 펴기도 전에 엉덩이의 충
격에 밀려 코끝으로 동굴 바닥을 문질러야 했다. 뽀얀 먼지가 풀썩
거렸다.

"어이쿠!"

통증이 코부터 짜르르 흘렀다. 하지만 내가 느낀 고통은 강한 무게
가 내리누르고 있는 등 쪽이었다. 뒤로 물러나며 나에게 걸려 넘어진
맥슨 때문이었다.

"이놈들이……!"

맥슨은 얼른 일어서며 몽둥이를 곧추 잡았다. 그러나 또다시 머리
깨지는 소리와 함께 내 등이 뭉개졌다. 그만큼 뱀파이어의 수는 늘어

나고 있었다. 곧 놈들의 발 밑에 깔리려는 찰나였다.

"으읍!"

엎어져 있던 나는 마법 한번 못 쓰고 눈을 질끈 감았다. 그러나 맥슨은 내 등을 타고 누운 자세로 몽둥이를 휘둘렀다.

퍽퍽퍽!

여전히 반항 한번 없이 공간을 채워가던 뱀파이어들이 맥슨의 몽둥이를 피하기 위해서인지 우리가 쓰러져 있는 곳을 피해 앞쪽으로 정렬해 갔다.

"잠깐만."

나는 몽둥이를 휘두르는 맥슨을 저지했다.

"왜?"

"놈들은 우리를 공격하지 않고 있어."

가만히 보면 박쥐들이 인간의 모습으로 변하긴 했지만 사리체누가 죽은 이후 우리는 별 탈이 없었다.

"이놈들이 도대체 무슨 짓을 하려는 거야?"

상황을 파악한 맥슨이 손을 멈추고 끝도 없이 늘어나는 뱀파이어들을 보았다.

"나도 모르겠구나."

어느새 거울 속에서 나온 알프레드가 주변을 살폈다.

"아무튼 옴짝달싹 못하게 생겼네요."

우리는 뱀파이어의 중간에 낀 형태가 되어 있었다. 참으로 소름 끼치는 일이었다. 비록 사람 형태를 하고는 있었지만 모두 똑같이 생긴 괴물들 틈에 우리만 별종처럼 섞여 있으니 결코 기분 좋은 일은 아니었다.

"싸움이고 뭐고 목이나 잘 감추어야겠다."

천하의 맥슨도 기가 질리는지 짧은 목을 움츠렸다.

"윌리암."

"응."

나는 알프레드를 쳐다보았다.

"이런 상태에서는 너의 힘이 절대적이다."

"무슨 말인데?"

알프레드는 조용히 거울을 가리켰다.

"알았어."

큰 스승의 말뜻을 눈치 챈 나는 무슨 마법을 쓸까 잠시 생각했다.

"우우우우……."

"우우우우……."

거울을 만지작거리는 순간 뱀파이어들이 괴성을 지르기 시작했다. 저절로 내 손목에 힘이 들어갔다.

"조심해라!"

알프레드가 주의를 주었다.

"드디어 공격하려나 보다."

"놈들을 먼지로 만들어 버려야겠다."

느슨했던 경계(警戒)를 바짝 조이는 맥슨 곁에 있던 나는 '아샤 디스트'라는 마법을 생각했다. 놈들을 동굴 바닥에 묻어버릴 수 있는 좋은 마법이었다. 그때 뒤통수를 보이며 우리 앞을 막고 있던 뱀파이어들이 모두 뒤로 돌아섰다. 동시에 빨간 눈빛으로 우리를 노려보던 놈들도 뒤돌아섰다. 한꺼번에 몸을 돌린 뱀파이어들의 시선은 한곳을 향하였다.

"우우우우······."

"우우우우······."

쉬지 않고 괴성을 계속 흘리던 뱀파이어들은 벽에 꽂혀 있는 사리체누를 뚫어져라 쳐다보고 있었다. 그들 틈에서 걸쭉한 음성이 울려 나왔다.

"모두 들어라!"

그동안 조용히 있던 뚱보 하두카였다. 신의 전령이 나타나자 뱀파이어들이 괴성을 멈추며 무릎을 꿇고 앉았다. 마치 기사들이 왕에게 보이는 예의 같았다.

"걱정 마라."

하두카가 고개를 떨구고 있는 사리체누의 시체 옆으로 모습을 드러냈다. 뱀파이어들이 괴성을 지른 이유는 사리체누를 살리기 위해서 신의 전령을 부른 것이 틀림없었다.

"내가 너희들의 족장을 살려주겠다. 대신 나에 대한 존경을 보여라."

"우우우우······."

"우우우우······."

뱀파이어들이 몸을 세우더니 우리를 향해 자세를 잡았다.

"지하 세계의 백성들아!"

하두카는 손을 번쩍 들며 소리쳤다.

"놈들을 죽여 그 피로 사리체누를 살려라!"

신의 전령은 기필코 우리를 죽이려 하고 있었다.

"하두카님!"

알프레드가 소리쳤다.

"뭐냐?"

미소를 입에 달고 있던 하두카가 지그시 우리를 쳐다보았다.

"꼭 우리가 필요합니까?"

"그래."

"제가 바깥 세상의 일만 마치면 다시 온다고 하지 않았습니까?"

"언데드들 앞에서도 말했지만 너를 기다릴 만한 인내력이 내게는 없어."

"오래 걸리지 않을 겁니다."

"기다리는 것도 지겹지만 저 친구도 필요하다고 했을 텐데."

하두카는 맥슨을 가리켰다.

"웃기지 마라!"

맥슨이 비아냥거렸다.

"죽은 뒤에는 그렇게 거만하지 못할 것이다. 오로지 나를 위해서만 살아야 하지."

"미친놈! 죽어도 내 몸뚱이는 너한테 못 준다."

"하하하, 그 오기가 마음에 드는구나."

하두카는 전혀 물러날 기미를 보이지 않았다. 하기야 뱀파이어들을 이용해 우리를 죽이려고 하는 마당에 웬만한 말 따위는 통하지 않을 것이다.

"하두카님이 우리를 죽이기로 결정했다면 피할 길은 없을 겁니다. 하지만 우리가 이곳을 통해 저승 세계를 다녀온 것은 땅 위의 신전을 지키는 다른 신의 전령께서 허락을 했기 때문입니다."

"그래서?"

뚱보 하두카가 인상을 찡그렸다.

"우리를 함부로 대하면 나중에 그분을 어떻게 보려고 그러십니까?"

"사로드 말인가?"

땅 위에 있는 전령의 이름인 듯했다.

"그, 그렇습니다."

알프레드는 대충 얼버무렸다. 그도 성전을 지키는 전령의 이름을 모르고 있었다.

"사로드 따위가 나를 어떻게 하지는 못한다."

"그렇더라도 리쿠스 신은 가만있지 않을 겁니다."

"……."

최고 신의 이름이 나오자 하두카는 멈칫했다.

"아무리 리쿠스 신의 신표(信標)인 '라이브 스톤'이 맥슨의 몸속으로 들어갔다고 해도 아주 사라진 것은 아닙니다."

"그러니까, 내가 너희들을 죽이면 리쿠스 신에 대한 모독이라는 말인가?"

알프레드는 대답 대신 고개를 숙여 보였다.

"후후후, 나는 죽음의 신인 데드라우튼님의 뜻만 따르는 전령이다. 설령 리쿠스님이 신들 중 최고라고는 하나 나의 과오를 직접 묻지는 않을 것이다."

하두카는 자신만만했다.

"그렇더라도 절대 신인 리쿠스님에게 예의를 보이는 것이 도리 아니겠습니까? 이를테면 저희에게도 기회를 준다든지 하시면……."

"기회라고?"

"저희가 여기 있는 뱀파이어들을 전부 죽이면 빠져나갈 수 있다는 것도 기회겠지요."

나와 맥슨은 멍하니 알프레드를 바라보았다.

"하하하."

하두카도 어이가 없는지 웃음부터 흘렸다.

"정말이냐? 그런 기회를 주면 되겠느냐?"

"그렇습니다."

알프레드가 다시 한 번 정중하게 허리를 숙였다.

"큰 스승님! 미쳤어요?"

맥슨이 목멘 소리를 했다.

"맞아. 그냥 싸우고 말지, 말 같지 않은 걸 기회라고 굽실거릴 필요가 뭐가 있어?"

나는 맥슨의 생각에 동조했다.

"좋아. 너희가 뱀파이어들을 모두 없애고 이곳을 빠져나간다면 더 이상 쫓지는 않겠다. 하지만 그렇지 못했을 때에는 내 뜻대로 하겠다."

"물론입니다."

알프레드는 우리하고는 다르게 하두카의 처사에 매우 만족한 표정을 지었다.

"놈들이 얼마나 많은 줄 알아요?"

"알아. 그래도 빠져나갈 수 있는 방법은 하나 만들었잖아."

전혀 틀린 말은 아니었다. 그나마 하두카까지 나선다면 이대로 죽어 지하 세계에서 영원히 살 수밖에는 없었다.

"윌리암, 마법은 준비했지?"

"걱정 마."

나는 거울을 가슴으로 들어 올렸다.

"모두 들어라!"

하두카가 뱀파이어들을 둘러보았다.

"저놈들을 죽여라!"

지시는 간단했다.

"우우우우……."

"우우우우……."

뱀파이어들의 눈빛이 더욱 붉게 광채를 발하였다. 족장인 사리체누를 살리기 위한 발악으로 이글거렸다.

"카아악!"

하얀 머리 하나가 이빨을 들이대며 달려들었다.

픽!

맥슨의 몽둥이가 가볍게 흔들렸다. 하지만 머리를 잃고 쓰러지는 동료를 신호로 뱀파이어들은 날개를 펴며 몸을 세웠다.

"카야악!"

"크으윽!"

나는 다가오는 놈들의 기다란 이빨을 보며 '헤데지바의 거울'을 머리 위로 높이 들었다. 눈을 감은 채 머리를 맑게 하곤 뱀파이어를 먼지로 만드는 생각만을 했다.

"아샤 디스트!"

거울에서 회오리바람이 몰려 나갔다.

휘이이익!

바람의 색깔은 짙은 핏빛이었다.

"으허허!"

"크크크!"

그 순간 아무런 소리도 들리지 않았다.

"윌리엄! 어떻게 한 거지?"

맥슨의 놀란 소리에 눈을 떠보니 믿을 수 없는 일이 눈앞에 펼쳐져 있었다.

"모두 굳어버렸어."

맥슨은 자신의 바로 앞에서 입을 벌린 채 멈춰 있는 뱀파이어들을 일일이 살펴보았다. 그 뒤로 우리를 감싸고 있던 모든 뱀파이어들은 꼼짝도 하지 않았다. 하얀 머리나 검은 망토 모두 허옇게 변해 있었다.

"먼지가 되라고 했는데……."

"그럼 이게 먼지 덩어리란 말이야?"

"나도 모르겠어."

내가 슬쩍 뱀파이어를 건드렸다.

와르르르!

순식간이었다. 사람 모습의 뱀파이어가 흔적도 없이 주저앉았다.

"와우!"

나와 맥슨이 환호성을 질렀다.

"하두카님!"

알프레드는 의기양양했다. 그러나 하두카는 우리의 기회를 인정하지 않았다.

"아직 끝나지 않았다."

"그런 말이……!"

주먹을 휘두르며 앞으로 나서던 맥슨이 말을 잇지 못했다.

"내가 너희들을 용서하지 못한다!"

쇠를 긁는 목소리의 주인공은 사리체누였다. 몸에 꽂혀 있던 칼이 빠지며 떨구었던 고개가 천천히 들렸다.

파아아아!

사리체누의 몸에서 푸른빛이 싸늘하게 뿜어져 나왔다.

"조심해라!"

알프레드가 승리의 기쁨에 빠져 있던 우리에게 주의를 주었다.

"끝까지 해보겠다는 거군."

맥슨이 주먹을 불끈 쥐었다.

"하두카가 너무 심하네."

나는 입술을 깨물며 거울을 움켜잡았다.

"그러게 말야. 자신의 놀잇감을 구하기 위해 이렇게까지 질기게 굴다니, 신의 정령이 할 짓이 아니다."

맥슨은 되살아나는 사리체누를 똑바로 쳐다보았다.

"어쩌면 하두카는 이 순간도 즐기고 있는지 모르지."

알프레드가 중얼거리는 동안 사리체누는 몸에서 뿜어져 나오던 빛을 거둬들이며 기운을 차리고 있었다. 뱀파이어의 족장은 먼지 덩어리로 굳어 있는 부하들을 무표정하게 쳐다보았다.

"어째 으스스하다."

"저놈도 먼지로 만들면 되지."

내가 자신있게 앞으로 나섰다. 그때 알프레드가 다급하게 나를 불렀다.

"윌리암! 조심해!"

어느새 사리체누가 내 동공 속으로 날아오고 있었다.

"으헉!"

너무 빨라 바람 가르는 소리도 들리지 않을 정도였다.

"아‥ 샤 디스……."

"캬아악!"

마법을 미처 다 스펠하기도 전에 하얀 이빨이 거울을 들고 있던 팔목으로 날아왔다.

"위험해!!"

"아이쿠!"

간발의 차이로 맥슨의 덩치에 밀려 넘어지며 거울을 놓치고 말았다.

"어떡해?"

거울은 저만치 떨어져 있었다.

"사리체누는 내가 맡을게."

맥슨이 몽둥이를 들었다. 나를 치고 날아간 사리체누가 몸을 돌렸다.

"이리로 와라!"

나를 살펴보던 맥슨이 자리를 옮기며 사리체누를 다른 곳으로 유도했다.

"캬아악!"

뱀파이어는 곧장 맥슨에게로 향했다.

"이놈!"

몽둥이가 가볍게 춤을 췄다. 그러나 사리체누는 피할 생각도 없이 바로 날카로운 이빨을 들이밀었다.

우지끈!

사리체누의 이빨이 박힌 몽둥이가 힘없이 부러졌다.

"이런!"

당황한 맥슨은 뒤로 엉거주춤 물러났다. 그러자 자세가 흐트러지며 약간의 틈새가 보였다.

"카아악!"

몽둥이를 부러뜨린 사리체누가 멈추지 않고 그 틈을 노려 맥슨의 목을 물었다.

"으어헉!"

맥슨이 입에서 길게 뽑아내는 신음이 나를 아찔하게 만들었다.

"비켜!"

목에 달라붙어 있는 사리체누의 옆구리를 때리며 맥슨은 몸부림쳤다. 그러나 놈은 떨어져 나가지 않았다. 오히려 더욱 다리를 조이며 맥슨의 목에 이빨을 깊숙이 박았다. 그 허연 이빨 사이로 핏물이 흘러나왔다.

"어어억!"

피의 양이 늘어날수록 맥슨의 몸이 점점 축 처지고 있었다.

"맥슨, 안 돼!"

나는 정신없이 맥슨을 불렀다.

"절대 죽지 마!"

우여곡절 끝에 다시 살아난 맥슨이었다. 그가 또 한 번 죽는다면 우리 모두에게 엄청난 비극일 것이다.

"윌리암! 어서 거울을 집어라!"

"맞아, 거울!"

알프레드의 외침에 정신을 차린 나는 '헤데지바의 거울'을 줍기 위해 기어갔다.

"맥슨, 내가 구해줄게! 조금만 참아!"

"으하하하!"

거울을 막 집어 드는 순간 하두카의 광포한 웃음소리가 동굴 안을 진동했다.

"이제 우리의 게임은 끝났다!"

맥슨은 더 이상 움직이지 않고 있었다.

"알프레드……."

"윌리암, 신이 우리에게 주신 행운이 여기까지인가 보다."

"이럴 수는 없어."

"놈을 위해서 울어줄 수도 없구나."

큰 스승의 눈가가 씰룩거렸다. 그는 영혼이라 눈물을 보이지 못하는 자신이 원망스러운 듯했다.

"아냐!"

내가 강하게 부정했지만 사리체누의 이빨에서 빠져나온 맥슨은 그 커다란 덩치를 땅에 털푸덕 눕혔다. 너무 허무했다.

"다음은 꼬마 놈 차례다."

하두카는 세차게 몰아붙였다.

"저놈을 없애라!"

"카아악!"

친구의 죽음을 슬퍼할 시간도 없이 나는 사리체누의 공격을 받아야 했다. 그러나 정신이 맥슨에게 가 있던 나는 어떠한 방어 방법도 생각하지 못했다. 맥슨과 마찬가지로 사리체누의 이빨에 물려 죽기를 기다리는 꼴이 될 뿐…….

"윌리엄, 정신 차리고 끝까지 싸워야 해!"

알프레드가 비명에 가까운 소리를 질렀지만 고개만 들어 멍하니 두리번거릴 뿐 내가 할 수 있는 일은 아무것도 없었다.

(2)




털썩!

당사자인 나보다 알프레드가 더욱 놀랐다.

"무슨 일이지?"

나에게 달려들던 사리체누가 두 눈을 뒤집으며 힘없이 쓰러지자 동굴 안의 긴장이 한순간에 무너졌다. 멍하니 있던 나 역시 그제야 주위를 둘러볼 수 있게 되었다.

"뱀파이어가 녹고 있어!"

"이… 럴 수가……!"

사리체누가 쓰러진 자리에서 하얀 연기가 피어 올랐다. 뱀파이어는 흔적도 없이 녹아내리고 있었다.

"어서 일어나라, 사리체누!"

처음으로 하두카의 당황하는 모습을 보았다. 지하 세계의 지배자도 무슨 일인지 알지 못하는 듯했다.

"내 말을 거역할 건가?"

하두카가 악을 썼지만 뱀파이어는 망토조차 동굴에 남겨놓지 않았다. 동굴의 주인이었던 사리체누가 사라지는 동안 잠시 침묵이 흘렀다. 그때 요란한 신음 소리가 흘러나왔다. 바로 맥슨이었다.

"아구구구!"

"맥슨!"

이유야 어찌 되었든 무조건 반가웠다. 나와 알프레드는 환한 얼굴로 깨어나는 맥슨을 맞이했다. 반쯤 떠진 눈으로 우리를 바라보는 곰탱이가 너무 예쁘게 보였다.

"목이 뻐근하다."

맥슨은 영락없이 잠을 잘못 자고 일어난 모습이다.

"정말 괜찮아?"

나는 맥슨의 목을 살펴보았다. 그러나 뱀파이어의 이빨이 박혔던 자리에만 살짝 자국이 있을 뿐 특별히 큰 상처는 보이지 않았다.

"악몽을 꾸었어."

맥슨이 인상을 찡그렸다.

"무슨 꿈인데?"

"뱀파이어에게 물리는 꿈이었는데, 마구 몸부림치다가 지금 깨어난 거야."

나는 알프레드를 멍하니 바라보았다. 이 상황을 설명해 보라는 의미였다.

"……"

알프레드가 어깨를 들썩였다.

"저놈이 살아 있단 말인가?"

뜻밖의 일을 바라보는 하두카의 표정이 묘하게 일그러졌다.

"하두카님!"

"뭐, 뭐냐?"

알프레드가 낮게 부르자 하두카가 깜짝 놀랐다. 그만큼 신의 전령은 정신을 못 차리고 있었다. 기세 등등하던 사리체누가 갑자기 쓰러지며 녹아서 없어지고, 그에게 피를 모두 빨린 덩치 큰 인간이 살아있으니 당연한 반응이었다.

"이제 저희는 가보겠습니다."

알프레드는 나와 맥슨에게 고갯짓을 했다. 우리는 하두카의 반대편 길로 방향을 잡았다. 여기를 지나면 고스트들이 모여 있던 지하 세계의 입구가 나온다.

"큰 스승님은 어째서 저놈한테 그렇게 깍듯해요?"

우리의 목숨을 노리는 하두카에게 꼬박꼬박 예의를 챙기는 알프레드가 답답한지 맥슨이 입술을 삐죽거렸다. 덩치 큰 친구는 꿈이라고 생각했던 모든 것이 현실이었다는 것을 이제야 파악한 것 같았다.

"그래도 신을 대신하는 전령인데 함부로 할 수야 없지."

"역시 많이 배운 사람이라 다르네요."

칭찬인지 욕인지 모를 애매한 말투다.

"지금 칭찬을 하는 거냐?"

알프레드가 맥슨을 흘겨보았다.

"당연하죠."

"정말?"

미덥지 못한가 보다.

"그럼요. 저도 예의를 아는 사람인데 감히 웃어른에게 함부로 하겠습니까?"

장난치는 능청 하나만은 알아주는 맥슨이었다.

"히히히."

그가 나를 보고 키득거리자, 나도 입을 가리고 웃음을 흘렸다. 그 미소 속으로 지나온 모든 일이 사르르 녹아내렸다.

"잠깐!"

그때 하두카가 등을 돌리고 걸어가는 우리 일행을 불러 세웠다.

"또 무슨 일이야?"

맥슨이 인상을 찡그렸다.

"그냥은 못 간다."

우리 앞에 푸른 장막이 쳐지더니 그 안으로 하두카가 나타났다.

"정말 끈질기군."

"그리고 치사해."

나와 맥슨이 한마디씩 했다.

"너희들이 아무리 지껄여도 소용없다!"

하두카가 손을 들었다.

"약속을 지키시죠."

알프레드는 하두카를 막아섰다. 영혼인 그의 몸을 통해서 푸른 장막 안에 있는 하두카의 일그러진 얼굴이 보였다.

"난 한 번도 내가 갖고 싶은 것을 놓친 적이 없다!"

"그럼 색다른 경험을 했다고 생각하십시오."

알프레드가 차분하게 하두카를 달랬다.

"내가 다스리는 지하 세계에서 이런 일이 생기다니, 도저히 용납이 되지 않는다!"

신의 전령은 자존심을 내세우고 있었다.

"두려워하시는군요."

"뭐라고?"

"절대자의 위치가 무너질까 봐 하두카님은 두려워하고 계십니다."

하두카는 대답하지 않았다.

"처음 있는 일이라 당황하고 계신 것도 압니다."

몇백 년 동안 지하 세계를 다스리면서 어느 것도 자신의 권위에 대항한 적이 없었다. 오로지 복종만이 이 세계를 지배할 뿐이었다. 그런데 세상의 모든 종족 중 제일 연약하다는 인간에게 이렇듯 수모를 당하니 신의 전령으로서는 불가능한 일에 대한 놀라움보다 자신을 무너뜨린 존재에 대한 두려움이 앞서고 있었다.

"앞으로도 찾아올지 모르는 또 다른 저희 같은 반항자 때문에 긴장하시는 겁니다."

"후후후."

알프레드는 뒷짐을 진 채 말을 계속 이었다.

"한번 무너지기 시작하면 걷잡을 수가 없죠. 그러다 보면 절대자라는 위치도 흔들릴 테고, 지하 세계에 사는 많은 종족 중 반항하는 자들도 생길지 모르죠."

"역시 똑똑한 고스트야."

"감사합니다."

하두카의 무뚝뚝한 칭찬에도 알프레드는 끝까지 예의를 잃지 않았다.

"나에 대해 그렇게 잘 파악하니 여기를 빠져나갈 수 없다는 사실도 잘 알겠구나."

"해로운 싹은 뿌리부터 없애야 하니까요."

"그렇지."

알프레드의 대답에 만족한 듯 하두카가 고개를 끄덕였다.

"하지만 지금 모든 일이 다른 분의 뜻이라면 우리를 죽인다고 해결
되지는 않을 겁니다."

"다른 분의 뜻이라면 리쿠스 신을 말하느냐?"

"그분 말고 누가 하두카님 앞에서 이런 일들을 감히 벌일 수 있겠
습니까?"

"하기야……."

자존심을 조금 세워주는 알프레드를 바라보던 하두카가 들었던 손
을 턱으로 가져갔다.

"보통 사람들이라면 감히 이룰 수 없는 일이지요. 그 증거가 바로
이놈입니다."

알프레드는 맥슨을 가리켰다.

"저요?"

맥슨은 느닷없이 손짓을 하는 알프레드를 놀란 눈으로 쳐다보았다.

"저 미련한 곰탱이가 어떻게 살아났겠습니까? 그리고 사리체누는
왜 녹아서 없어졌겠습니까? 모두 리쿠스 신의 신표(信標) 때문입니
다."

"라이브 스톤 말인가?"

하두카가 의아한 표정을 지었다.

"맞습니다."

알프레드는 하두카가 말귀를 알아듣자 함박웃음을 지었다.

"아니, 이분들이 가만히 있는 사람을 데리고 노시네."

맥슨은 자기한테 놈이라고 하는 소리가 거슬렸나 보다.

"곰탱아, 가만히 좀 있어."

알프레드는 흥분하는 맥슨을 말리며 설명을 계속했다.

"이곳에서 저놈을 다시 살렸을 때 쓰였던 라이브 스톤이 저놈의 심장 역할을 하는 겁니다. 따라서 만들어지는 맥슨의 피에는 신의 힘이 담겨 있습니다. 그러니 사리체누 따위가 그 성스러운 피를 마시고 견딜 수가 있었겠습니까?"

"으음!"

수긍하는 눈치였다.

"얘기를 들어보니 일리가 있군."

"하두카님의 권위가 무너졌다고는 하지만 그것이 곧 리쿠스 신의 뜻이라면 너무 낙담하실 필요는 없습니다. 우리를 살려 보낸다고 해도 죽음의 신께서 책임을 묻지 않을 테니까요."

"그 문제는 그렇다고 쳐도 너희를 내 곁에 두고 싶은 마음은 쉽게 가라앉지를 않네."

알프레드의 말을 인정하면서도 하두카는 아쉬운 표정이었다.

"저희에게 기회를 준다는 약속을 지키시는 것도 권위를 세우시는 데 도움이 될 겁니다. 오히려 리쿠스 신의 보답이 있을지도 모르고요."

"하하하, 자네 정말 말을 잘하는군."

"그래도 틀린 말은 하지 않습니다."

내가 봐도 알프레드의 말을 들으면 믿지 않고는 못 배길 정도였다.

"좋아! 약속대로 보내주겠다."

"감사합니다."

큰 결심을 한 듯 비장한 표정으로 우리를 배웅하는 하두카를 뒤에 두고 뱀파이어의 동굴을 빠져나오자 이내 고스트의 마을이 보였다.

"제발 여기서는 아무 일도 없어야 할 텐데."

"여기가 어디인데요?"

초행길인 맥슨이 큰 스승을 바라보았다.

"알프레드 친구들이 모여 사는 곳이야."

내가 대신 대답했다.

"그럼 대머리 마을이야?"

"하하하."

아무튼 엉뚱한 걸 보면 다시 살아났어도 맥슨이 맞는 거 같았다.

"왜 웃는데?"

"가르쳐 주지 않아도 너무 잘 알아서."

"정말 볼 만하겠다."

맥슨은 주위를 두리번거렸다.

"아니, 이것들은 한 번을 그냥 안 넘어가지."

알프레드가 눈을 부라렸다.

"맥슨이 너무 웃기잖아."

"말은 네가 하고서 왜 내 핑계야?"

"내가 언제 대머리 마을이라고 했냐?"

"맞다며."

"그냥 알프레드의 친구들이 사는 곳이라고 그랬지."

"그게 그거지. 다른 건 없잖아?"

우리는 티격태격했다.

"됐다. 그만 해라."

책임을 떠안지 않으려는 우리를 알프레드가 한심한 듯 제지했다.

"간 일은 잘됐는가?"

어디선가 굵은 목소리와 함께 하얀 무리들이 줄지어 나타났다.

"무사히 끝냈어요."

지난번에 만났던 나를 아는 고스트들이었다.

"어라? 이건 또 뭐야?"

맥슨이 방어 자세를 취했다.

"알프레드의 친구들이라니까."

"정말 그렇군."

큰 스승과 하얀 무리들을 번갈아 바라보던 맥슨이 그제야 고개를 끄덕였다.

"이제 밖으로 나가나 보네."

"예."

"잘됐군."

"모두 자네들 덕분이지."

알프레드가 인사를 하며 아는 체를 했다. 언제나 예의 바른 큰 스승이었다.

"우리 친구도 힘들었겠군?"

"나보다야 저 인간 아이가 고생했지."

"그래도 무사히 잘 끝냈다니 다행이네."

"고맙군."

"꼬마야."

알프레드와 인사를 나눈 고스트가 나를 불렀다.

"우리 약속을 잊으면 안 된다."

"그건 걱정 말라니까요. 내가 여기 있는 고스트들의 원한을 꼭 풀어줄게요."

주먹을 들어 다시 한 번 확인시켜 주었다.

"윌리암, 무슨 힘으로 저들의 원한을 풀어줄 건데?"

"바로 너."

나는 맥슨에게 미소를 지어 보였다.

"이 친구는 처음 보는데?"

고스트가 맥슨을 보며 턱을 쓰다듬었다.

"여기 온 목적이야."

"다시 살려서 나가는 건가?"

"맞아."

"그럼 저 친구도 우리 원한을 푸는 데 도움을 주겠군."

"큰 힘이 될 걸세."

맥슨은 자신에 대한 얘기가 나오자 못마땅한 표정을 지었다.

"그만 가봐야겠어."

"몸조심하게."

"알았어."

알프레드는 고스트와 인사를 하며 대충 재회를 정리하고 있었다. 마치 둘은 오랫동안 알고 지낸 사이처럼 친하게 보였다. 그렇더라도 영혼인 알프레드에게 몸조심하라는 인사는 아무리 생각해 봐도 조금 심한 듯했다. 대답하는 알프레드도 마찬가지였다. 몸조심이야 육체가 살아 있는 나하고 맥슨에게 해당되는 말이었다.

"꼬마야."

알프레드의 손길에 밀려 등을 돌리는 나를 고스트가 불러 세웠다.

"말씀하세요."

"원하는 일을 꼭 이루기 바란다. 그래서 우리 약속도 지켜주었으면 좋겠다."

"감사합니다."

나는 머리를 살짝 숙였다.

"잘 가라!"

고스트들의 작별 인사가 멀어져 갈 때쯤까지 우리는 아무 말 없이 걷기만 했다. 이제 바깥 세상으로 나가게 된 것이다. 그래서인지 모두 마음이 무거웠다.

"이 층계만 오르면 신전이다."

"그래요?"

맥슨은 끝도 없이 위로 뻗어 있는 층계를 의미심장하게 바라보았다.

"다시 살아서 햇빛을 본다니 믿을 수가 없어요."

"나도 그렇구나."

알프레드도 감회가 새로운가 보다.

"이렇게 우리 셋이 다시 모여 너무 좋아."

맥슨의 손을 움켜잡아 보았다. 따뜻한 온기가 포근했다.

"그동안 손이 많이 커졌네."

"3개월밖에 안 됐는데 손이 커지긴 무슨……."

"그래도 싸울 줄도 알고 많이 크긴 컸지."

맥슨은 나를 대견스러운 듯 내려다보았다. 하기야 싸움하고는 전혀 거리가 멀던 내가 천방지축 '헤데지바의 거울'을 들고 날뛰었으니 덩치 큰 친구에게는 대단하게 보였을 것이다.

"이제부터가 진짜다."

층계를 올라서는 알프레드가 진지했다.

"맞아. 바깥에 나가서 할 일이 많아."

"잘되야 하는데."

"걱정 마라."

밖으로 나가는 알프레드의 모습은 매우 신중했지만 그는 우리 계획이 성공하리라는 확신이 있었다.

"여기까지 온 것도 모두 리쿠스 신의 뜻이다. 만일 세상을 이루는데 우리가 필요치 않다면 벌써 끝장났을 것이다."

"그래요."

맥슨이 맞장구쳤다.

"어디부터 가야지?"

나는 밖으로 나가서 갈 곳을 걱정했다.

"스쿠르벤드 대왕에게 가야지."

"드래곤 족이요?"

맥슨은 아직도 드래곤 족에게 반감을 가지고 있었다.

"할아버지는 괜찮아."

"너한테 잘해줘?"

믿음이 안 가는 눈치다.

"몸 둘 바를 모를 정도로 너무 잘해줘."

"그럼 다행이네."

"문제는 드라코리치다."

"언데드 드래곤이요?"

"그래."

"밖으로 나가기 전에 걸리는 게 많네. 역시 세상은 복잡하다니까."

맥슨이 고개를 흔들었다.

"너답지 않은 행동은 하지 마라. 아무나 심각한 척하면 다 어울리는 줄 알아?"

알프레드는 맥슨에게 핀잔을 주며 나를 바라보았다.

"그럼 어떡하지?"

드라코리치가 원하는 것은 나를 이용해서 세상을 지배하려는 자신의 야망이었다. 살아서 나온 나를 보면 그냥 두지는 않을 것이다. 어떡하든 신전에서 살아난 비법을 알려고 할 텐데 걱정이었다.

"윌리암에게 그런 일이 있었군요."

알프레드의 설명을 들은 맥슨이 내 머리를 쓰다듬었다.

"분명히 꼬치꼬치 캐물을 거다. 그래야만 드래곤들도 마음 놓고 신전을 드나들며 보물의 적임자를 찾을 수 있지."

"어떡하지?"

나는 맥슨을 쳐다보았다.

"크게 걱정할 것은 없잖아요."

"어째서?"

"거짓말로 둘러대면 되죠."

"신전에서 아무 탈도 없이 살아 나왔다고 하면 아무도 믿지 않아. 더군다나 너까지 이렇게 떡 버티고 있는데 어떻게 거짓말을 하냐?"

"그렇기는 하군요."

맥슨의 목소리가 작아졌다.

"정말 알면서 그러는 거야?"

"뭘?"

나는 단순하고 우직한 덩치 큰 친구의 가슴을 뚫어지게 쳐다보았다. 맥슨이 이상한지 손을 들어 내 눈을 가렸다.

"왜 그러는데?"

"라이브 스톤 때문에 살았다고 하면……."

알프레드가 설명을 잇지 못했다.

"꺼내기라도 한다는 거예요?"

그제야 말귀를 알아들은 맥슨의 얼굴이 일그러졌다.

"충분히 그러고도 남을 거다."

"드래곤들에게 인정이라고는 없어."

나는 친절을 베풀다가도 자신들이 불리해지자 얼른 발을 빼고 도망가는 드라코리치 일행을 보았었다.

"무슨 수가 있겠지."

우리가 너무 기운없이 층계를 오르자 알프레드가 희망을 주었다.

"방법이 있어?"

"아직은 아니지만 드라코리치를 만나기 전까지는 만들어내야지."

"정 안 된다고 해도 멍청히 죽지는 않을 거야."

맥슨은 주먹을 불끈 쥐었다.

"다 왔구나."

이런저런 걱정으로 어깨가 처져 있던 우리에게 반가운 소리를 전한 건 큰 스승 알프레드였다. 살아서는 너무 신중해서 겁쟁이라고 놀리곤 했는데, 영혼만 남은 지금은 모든 걸 통달한 듯 항상 여유있고 활기 찬 모습이었다.

"벌써?"

나는 고개를 들어 위를 올려다보며 손을 뻗었다.

쿵!

열어놓았던 입구를 신전의 요정인 카리카가 닫아놓은 듯했다.

"에잇!"

문은 열리지 않았다. 내가 두세 번 힘껏 밀었지만 입구는 여전히 꿈 쩍도 하지 않았다.

"맥슨, 밀어봐라."

"알았어요."

힘쓰는 일이라면 마다하지 않는 맥슨이다.

쏴아아아!

입구가 가볍게 열리며 바깥 세상의 빛이 쏟아져 들어왔다.

"눈부셔!"

맥슨은 손을 들어 눈부터 가렸다.

"후욱!"

눈이 부시기는 마찬가지였지만 나는 제일 먼저 신선한 공기부터 들이마셨다.

"너무 좋다!"

아무것도 느낄 수 없는 알프레드도 팔을 활짝 벌리며 열려 있는 세 상을 만끽했다.

"살아 있는 것들은 아름답구나!"

"그냥 돌덩이들만 보이는데 뭐가 살아 있고 아름다워요?"

어느 정도 바깥 세상의 빛줄기에 익숙해진 맥슨이 주변을 살피고 있었다.

"꼭 보이는 것만 느끼지 마라."

"아무튼 혼자 잘났어요."

맥슨이 입을 삐죽거렸다.

"너하고 또 싸울 생각에 아찔하다."

알프레드는 툴툴거리는 맥슨을 바라보며 혀를 찼다.

"맥슨 말이 틀리지도 않네 뭐. 내가 봐도 돌덩이뿐인데……."

"그만!"

나까지 합류하자 알프레드가 넌더리를 쳤다.

지하 세계로 들어갔던 입구는 신전으로 들어가는 길목과 맞물려 있었다. 그러니까 밖으로 나오며 처음 대하는 것은 돌덩이였다. 신전에 켜놓은 횃불의 불빛이 아닌 태양의 빛이었으면 우리 모두 눈이 멀었을지도 모른다.

"이리로 가면 되는 거야?"

이곳의 지리를 모르는 맥슨이 신전으로 들어가는 좁은 길로 발을 들여놓고 있었다. 잘못하면 화살들이 날아와 그를 고슴도치로 만들 것이다.

"맥슨, 안 돼!"

내가 순간적으로 말렸지만 맥슨은 성큼성큼 걸어서 성전 안으로 몇 발자국을 집어넣는 중이었다.

쐐애액!

시꺼먼 장대비가 벽에서 쏟아졌다. 굵은 화살들은 먹잇감인 덩치 큰 샤론 족을 절대 놓치지 않을 기세였다.

"으헉!"

맥슨의 비명이 성전 입구를 울렸다.

"맥슨!"

너무 놀란 내가 좁은 길로 뛰어드는 순간 강력한 돌풍이 밀려 나왔다. 앞으로 나가려던 내 작은 몸이 바람에 밀리며 그 자리에 멈추고 말았다. 순간 거센 바람과 함께 거대한 덩어리가 튀어나왔다.

휘이이익!

눈을 질끈 감았다.

픽!

거대한 충격과 함께 뒤로 넘어졌다.

"으헉!"

거대한 덩어리가 내 위를 덮쳤다.

"맥슨, 괜찮으냐?"

뒤에서 알프레드의 음성이 떨려 나왔다.

"으으으……."

맥슨은 대답을 못하고 끙끙거렸다.

"윌리암!"

이번에는 알프레드가 나를 챙겼다.

"얼른 이 곰탱이나 치워줘."

나는 맥슨이 살아 있는 것을 확인하고는 툴툴거렸다. 돌풍에 밀려 나온 맥슨이 나를 덮쳐 위에서 누르고 있었다.

"맥슨, 어서 일어나라."

"아구구구……."

맥슨은 여전히 끙끙거리며 일어났다.

"나오자마자 말썽이야."

나는 옷을 털며 맥슨의 뒤를 따라 몸을 세웠다.

"정말 괜찮은 거냐?"

알프레드는 화살이 하나도 박히지 않은 맥슨의 몸을 이리저리 살폈다.

"이게 괜찮아 보여요?"

허리를 주무르며 맥슨은 인상을 찡그렸다.

"저놈은 걱정을 해줘도 뭐라 한다니까."

"진작에 가르쳐 주지 않고 일난 다음에 걱정만 하면 뭐 해요?"

오히려 사고를 저지른 맥슨이 큰 소리를 쳤다. 정말 못 말리는 곰탱이이다.

"그런데 어떻게 된 일이지?"

나는 성전으로 들어가는 좁은 길로 다가가 기웃거렸다. 그때 성전을 뒤흔드는 여자의 웃음소리가 끝도 없이 퍼졌다.

"호호호호."

"다시 살았어도 쉴 시간을 안 주는군."

맥슨은 허리를 주무르고 있던 손을 가슴까지 들었다. 그는 느릿하게 움직였지만 어느새 나를 품에 안고 있었다.

"호호호호."

여자의 웃음소리는 한동안 그치지 않았다. 무엇이 그렇게도 재미있는지 숨이 넘어갈 정도였다. 그냥 웃는 것이 아니라 정말 우스운 광경을 보고 참지 못해 웃는 소리였다. 듣는 우리들은 어안이 벙벙했다.

(3)

　화살이 쏟아지는 신전(神殿)의 입구에서 맥슨을 구해준 것은 웃음의 주인공인 여자 같았다. 그렇다면 당장은 우리를 죽이지 않을 거라는 확신이 들었다. 만일 죽일 생각이 조금이라도 있었다면 벌써 손을 썼을 것이다. 맥슨이 공중으로 떠올라 날아갈 정도라면 그 돌풍만으로도 우리는 적수가 되지 않았다.

　"도대체 누구야?"

　맥슨은 웃음소리가 들려오는 벽 쪽을 노려보았다. 그러나 대답은 끝나지 않은 웃음뿐이었다. 아무튼 오래 웃는 거 하나만은 끝내주는 여자였다.

　"호호호호!"

　"뭐가 저리 재미있을까?"

　"아고! 아고! 캑캑!"

이제는 웃음에 빠진 여자가 콜록거리며 숨이 넘어가려고 했다.

"카리카 같은데?"

알프레드는 신의 전령인 사로드의 명령으로 열쇠를 주며 지하 세계로 들어가게 안내했던 여자 요정을 떠올리고 있었다.

"맞아. 여기 여자라고는 카리카밖에 없을 거야."

"그럼 나를 살려준 게 요정이란 말이야?"

요정이란 말에 맥슨의 얼굴이 묘하게 변하였다.

"왜 그러는데?"

"여자라며……."

맥슨은 자신을 구해준 웃음의 정체가 요정이라서 표정이 변한 게 아니었다.

"여자한테 목숨을 구걸받은 거 같아서 기분 나쁘냐?"

"당연하죠. 샤론의 용사가 그럴 수야 없죠."

"쓸데없는 생각 하지 말고 죽지 않은 거나 감사해."

"그래도……."

알프레드가 한마디 했지만 맥슨의 시무룩한 표정은 풀리지 않았다.

"자존심은 있어가지고 별걸 다 신경 써요."

"윌리암."

핀잔을 주던 나는 너무 진지한 맥슨의 부름에 입을 다물었다.

"그 여자 요정……."

"……?"

맥슨이 잠시 뜸을 들였다.

"예쁘냐?"

"허어!"

정말 어이가 없었다.

"그럼, 얼마나 예쁜데……."

나는 비꼬듯 맥슨을 위아래로 훑어보았다.

"히히히."

뭐가 좋은지 맥슨은 내 말투의 진위(眞僞)를 모르고 키득거렸다.

"아만다 누나보다 더 예쁘지."

정신 차리라는 뜻으로 강하게 한 번 더 비꼬았다.

"누구?"

맥슨은 웃음을 멈추었다.

"아만다 누나 말야. 맥슨이 그렇게 사랑하는 여자!"

"으음!"

미소가 싹 가신 맥슨의 얼굴이 심각해졌다.

"왜 그래?"

"아만다라고?"

나는 심각하게 머리를 두들기는 맥슨을 보며 혹시 다시 살아난 것 때문에 있을지도 모를 후유증을 의심했다. 저승 세계에서도 아만다와 결혼하기 위해 우리를 따라 나왔는데 그걸 잊고 있다니, 분명히 기억이 완전히 돌아온 것은 아닌 것 같았다.

"기억이 안 나누?"

알프레드도 나하고 같은 생각인 듯했다.

"글쎄요?"

"헤라트의 저주도 풀릴 정도니 전에 살았던 세상의 인연은 기억 못할지도 몰라."

나름대로 생각을 펴서 알프레드에게 말했다.

"꼭 그렇지는 않을 거야. 만일 정말 재생의 후유증으로 기억 상실에 걸렸다면 우리하고의 인연도 잊었어야지."

"정말 그러네."

들어보니 맞는 말이었다. 그렇다면 어떻게 맥슨이 아만다 누나만을 잊을 수 있는지 궁금했다. 그때 웃음을 흘리던 여자가 모습을 드러냈다.

"호호호호."

"카리카!"

"나를 기억하네."

"물론이지."

전에는 정신이 없어서 그녀를 자세히 보지 못했었다. 하지만 오늘 만난 카리카는 너무 예쁜 요정이었다. 하늘거리는 파란 옷을 입고 빨간 머리에는 꽃들이 수놓아져 있었다.

"뭐가 그렇게 우스웠어?"

"새로 데리고 온 친구가 너무 웃겨서."

카리카는 맥슨을 가리켰다.

"저는 맥슨이라고 합니다."

커다란 입을 크게 벌리고 웃는 맥슨의 모습은 가관이었다.

"들어서 알고 있어."

"영광입니다."

이번에는 허리를 깊숙이 숙인다.

"알프레드, 맥슨이 왜 저래?"

나는 아무래도 많이 변해 버린 맥슨이 걱정스러웠다.

"글쎄다. 밖의 공기가 안 좋은가?"

알프레드도 알쏭달쏭한가 보다.

"저의 목숨을 구해준 거 너무 감사합니다."

"호호호."

카리카는 호들갑을 떠는 덩치 큰 인간을 보며 시종 웃고만 있었다.

"내가 구해주고 싶어서 그런 건 아니야."

"그러면?"

"사로드님께서 끝까지 살펴주라고 하신 말씀을 따른 거야."

"신의 전령 말입니까?"

"아네?"

뜻밖인지 카리카가 눈꼬리를 살짝 올렸다.

"사로드님은 어디 계시지?"

알프레드가 맥슨과 요정 사이에 끼어들었다.

"항상 같은 장소에 계시지."

"여전히 신전만 지키시는군."

"정말 따분하겠다."

나한테 한자리에만 몇백 년씩 있으라고 하면 미쳐 버릴 것이다.

"사로드님은 신께서 주신 소임을 너무 감사하게 생각하고 계신 분이거든."

"훌륭하신 분이군."

알프레드가 미소를 지었다.

"저도 맡은 바 소임을 다하는 용사입니다."

"호호호호."

맥슨이 한마디 할 때마다 카리카는 배꼽을 잡았다. 하기야 나도 웃음이 절로 나왔다. 다르다면 나는 어이없는 웃음이란 거다. 덩치 큰 친구는 혼자서 말을 높이고 있었다. 언제부터 예쁜 여자라면 사족을 못 썼는지 기억을 더듬어야 할 정도였다.

"그럼 아만다라는 레이디하고 결혼을 해야겠군요."

"아만다요?"

"사랑하는 분이라고 좀 전에 얘기했잖아요."

카리카가 나에게 살짝 윙크했다.

"으음!"

이번에도 맥슨은 고개를 갸우뚱했다.

"아무래도 맥슨의 기억이 전부 살아나진 않았나 봐."

"글쎄……."

알프레드도 걱정스러운 표정이다.

"세 분의 문제가 무엇인지는 몰라도 우선 밖으로 나가야겠죠?"

카리카는 맥슨을 슬쩍 쳐다보았다.

"길을 가르쳐 주겠어?"

나는 반색을 했다.

"물론이죠. 제가 할 일이니까요."

"사로드님께서 지시한 일인가?"

알프레드도 신의 전령이 주는 혜택에 감격하고 있었다.

"이곳에서는 그분이 법입니다."

"그렇군. 나중에라도 사로드님께 꼭 고맙다고 전해줘."

나하고 알프레드를 여기에 처음 데리고 온 것은 드라코리치의 마법이었다. 파티를 하던 바닷가에서 '트랜스 스페이스'라는 마법을 펼쳐 바로 신전으로 옮겨왔기 때문에 들어오는 길을 알지 못하고 있었다. 그런데 신의 전령이 우리를 끝까지 챙겨주고 있는 것이다.

"나가는 길은 저쪽이에요."

카리카가 동굴 밖으로 나가는 길을 가르쳐 주었다.

"고마워."

"잘 가요."

"카리카도 잘 있어."

우리는 한 번 더 인사를 하고 발걸음을 옮겼다. 그런데 별로 기쁘지 않은 인간이 하나 있었다. 아주 우거지상으로 나의 발길을 막았다.

"벌써 가요?"

맥슨은 아쉬운 표정을 지었다.

"할 일이 많잖아."

내가 철없이 구는 맥슨을 잡아당겼다.

"드라코리치도 어떻게 처리할지 결정하지 않았는데……."

"그거야 가면서 생각해도 된다."

"그냥 여기서 생각하고 가죠."

맥슨은 여기에 주저앉을 자세였다.

"도대체 왜 그래?"

답답하다 못해 짜증이 났다.

"뭘?"

"빨리 바깥 세상에 나가서 할 일이 많다니까."

"그러니까 여기서 미리 계획을 짜놓고서 나가자고 하잖아. 혹시 알아, 카리카님이 우리를 도와줄지?"

맥슨은 요정을 쳐다보았다.

"호호호호."

카리카가 입을 가리고 웃었다.

"우리가 신세를 진다면 예의가 아니지."

알프레드가 맥슨을 흘겨보았다.

"신세는 이미 졌잖아요."

결코 물러서지 않았다.

"내가 좋아?"

뒤에서 듣고만 있던 카리카가 맥슨 앞으로 다가왔다.

"그럼요."

맥슨이 요정을 보고 환하게 웃었다.

"알프레드, 곰탱이가 정말 많이 달라졌네."

"그러게 말이다."

알프레드도 입맛만 다실 뿐이었다.

"내가 어디가 좋은데?"

카리카는 재미있는 모양이다.

"뭐든지 다 좋아요."

여자 앞에선 말도 못하던 맥슨이었다. 그런데 저승 세계를 다녀오더니 적극적인 남자로 변해 있었다. 그것도 사람이 아닌 요정에게까지 치근덕거리는 중이었다.

"정말?"

"그럼요."

"아만다에게도 그렇게 말했어?"

"사실 나는 아만다가 누군지 몰라요."

정말 기가 막힐 노릇이었다.

"카리카, 맥슨은 정상이 아냐."

내가 나섰다.

"정상이 아니라고 해도 나를 좋아한다니까 기분이 묘하다."

"그래?"

순간 나는 주춤했다.

"나도 맥슨이 좋아지려고 해."

철없이 구는 맥슨을 말려주기는커녕 오히려 카리카는 의외의 대답을 하며 눈을 가늘게 떴다. 그녀는 자기를 좋아한다는 맥슨의 말 때문인지 만족한 표정으로 멍하니 동굴의 천장을 바라보았다. 정신은 맥슨만 이상한 게 아닌 것 같았다.

"난 여기를 나가본 적이 없어. 사람을 만나본 적도 없고. 누가 나를 좋아한다고 한 것도 처음이야."

카리카는 맥슨에게 더욱 바짝 다가섰다.

"저… 도 그래요."

예쁜 요정의 손길이 가슴을 지나치자 맥슨이 어쩔 줄을 몰라 했다.

"어휴!"

뜨겁게 서로를 바라보는 두 남녀를 보며 나는 기가 막혔다. 그들은 당장이라도 달라붙을 것 같은 요상한 눈빛이었다.

"곰탱아, 정신 차려!"

알프레드가 소리를 꽥 질렀다.

[카리카! 뭐 하는 짓이냐?]

그때 엄한 남자의 목소리가 들렸다.

"사, 사로드님!"

맥슨에게 달라붙어 있던 카리카가 갑자기 땅바닥에 엎드렸다.

[인간들을 데리고 장난을 치다니……]

"죄송합니다."

[내가 그렇게 말했건만 정신을 못 차리는구나!]

"사로드님, 용서해 주십시오."

맥슨의 덩치에 비해 몇 배는 될 듯한 신의 정령이 나타나자 카리카는 부르르 떨었다. 하체만 겨우 가리고 수염을 길게 늘어뜨린 남자는 조각을 깎아놓은 듯한 몸매로 더욱 강하게 보였다.

"안녕하십니까?"

알프레드가 인사를 했다.

[저승 세계로 갔다는 얘기는 들었다.]

"덕분에 무사히 일을 마치고 돌아왔습니다."

[저 친구가 '라이브 스톤'을 안고 다시 태어난 친구인가?]

"그렇습니다."

[덩치만 컸지 별로 쓸모는 없게 생겼구나.]

"저도 지금 그렇게 생각하고 있습니다."

알프레드가 맥슨을 흘겨보았다.

"함부로 말하지 마쇼."

맥슨이 거드름을 피우며 앞으로 나섰다.

[하하하.]

신의 정령이 크게 웃었다.

"인사부터 해라."

알프레드는 당황했다. 사로드의 기분을 상하게 해서 좋을 것은 하나도 없었다.

[됐다.]

사로드가 알프레드를 막았다.

"마음만은 착한 놈입니다."

알프레드가 심히 걱정이 되나 보다.

[멍청해서 그렇지 내가 보기에도 착하긴 한 것 같다.]

"그렇습니다."

사로드가 맥슨을 해칠 마음은 없는 듯해 알프레드는 조금 안심을 했다.

[카리카의 잘못도 있고 하니 저 미련한 놈의 거만함은 용서하지.]

"잘못은 저한테 있습니다. 만일 카리카님에게 잘못이 있다면 그건 내 사랑을 받아준 겁니다. 카리카님이 저를 사랑한 게 죄는 아니겠지요?"

맥슨은 시비조로 아직 가시지 않은 불만을 나타냈다.

"닥쳐!"

카리카가 어쩔 줄 모르며 앙칼지게 소리를 질렀다.

"아니, 카리카님……!"

갑작스러운 카리카의 돌변에 맥슨의 얼굴이 하얗게 변했다.

"누가 너를 좋아한다는 거야?!"

[그만! 놈을 풀어줘라!]

그때 신의 전령이 카리카의 말을 막으며 명령했다.

"예!"

영문을 모르는 나와 알프레드는 눈앞에서 벌어지는 상황을 쳐다만 볼 뿐이었다.

"사로드님, 무슨 일입니까?"

알프레드가 조심스럽게 물어보았다.

[카리카가 맥슨이라는 친구에게 장난을 친 거야.]

"저… 한테요?"

그제야 정신을 차린 맥슨은 아무 이상도 없는 자신의 몸을 더듬거리며 이상하다는 듯 갸웃거렸다.

[카리카는 항상 여기를 나갈 생각으로 꽉 차 있다.]

"그러니까, 저를 이용해서 밖으로 나가려 했단 말입니까?"

[그냥은 안 되고 네놈의 목숨을 걸어야 했겠지.]

"예?"

맥슨이 깜짝 놀라며 목덜미를 쓰다듬었다.

[카리카를 데리고 나갈 수 있는 사람은 이 신전의 주인뿐이거든.]

"무슨 말씀인지……."

[윌리암이 잘 알 것이다.]

신의 전령이 손가락으로 나를 가리켰다.

"보물의 주인이 아니면 목숨을 내놔야 해."

내가 맥슨을 보며 손으로 목을 치는 시늉을 했다.

[지금도 카리카가 예뻐 보이고 좋으냐?]

사로드가 맥슨을 지그시 내려다보았다.

"아니에요. 저한테는 아만다가 있어요."

"어라? 이제야 제정신으로 돌아왔네."

"카리카가 장난을 쳤다더니 맥슨에게 마법을 걸어놨었구나."

큰 스승 알프레드는 정신 나갔던 곰탱이를 이해하는 표정이었다.

"그래도 그렇지."

나는 맥슨을 신기하게 쳐다보았다. 아무리 마법에 걸렸더라도 어떻게 정반대로 바뀌는지 이해가 되지 않았다.

"왜 하필이면 나죠?"

맥슨은 자신이 이용된 이유를 모르는 듯했다. 이곳이 처음인 그에게는 당연했다.

"그것도 모르나?"

"윌리암은 알아?"

"물론이지."

나는 카리카가 맥슨을 이용한 이유를 짐작했다. 이미 나는 보물의 주인이 아닌 것이 판명됐었다. 카리카도 그 사실을 들어서 알 것이다.

"너를 이용한 건 순전히……."

"어엉."

맥슨이 궁금한지 목을 뺐다.

"그건……."

잠시 침을 삼키며 시간을 두었다.

"윌리암, 뜸 들이지 말고 빨리 말해 봐."

"너무 간단한 건데."

"뭔데?"

"제일 멍청해 보이니까."

너무 쉬운 답이었다.

"……?!"

맥슨의 표정이 묘하게 일그러졌다.

"하하하."

알프레드가 박장대소를 하였다. 나도 나오는 웃음을 참을 수가 없었다.

"히히히."

"체!"

맥슨이 등을 돌렸다.

"또 삐친 거야?"

"그거야 윌리암 네 전문이지."

"그런데 왜 그래?"

나는 슬슬 약을 올렸다.

"친구는 마법에 걸려 큰일 날 뻔했는데 뭐가 그리도 좋으냐?"

투덜거리는 맥슨을 보니 마법이 완전히 풀리긴 했나 보다.

"이 곰탱아."

나는 맥슨의 옆구리를 찔렀다.

"왜 그래?"

짜증까지 부린다.

"어쩐지 내가 이상하다고 했다."

"그러게 말이다. 여자 앞에서는 얼굴만 빨개지는 놈이 멋있는 척하기에 사람이 조금 바뀌었나 했더니, 그럼 그렇지, 용기없는 게 어딜 가겠누."

알프레드가 나한테 맞장구를 쳤다.

"맞아. 그냥 곰탱이로 다시 태어난 거야. 더도 덜도 아니고 딱 미련한 곰탱이!"

"어찌 보면 다행이지."

"왜?"

"저 얼굴로 용기만 있어가지고 여자들 쫓아다녔으면 큰일 나지."

"하기야, 아만다 누나도 몇 번 기절했겠지."

알프레드와 나는 연신 맥슨을 약 올리며 웃었다.

"<u>으그</u>."

맥슨은 분을 참지 못하고 이를 악물었다.

[재미있는 친구들이구나.]

신의 전령은 우리를 신기한 듯 내려다보고 있었다.

"친구이기보다는 원수에 더 가까워요."

덩치 큰 놈이 삐쭉거렸다.

[하하하, 그러고 보니 귀여운 데도 있네.]

사로드도 맥슨의 그런 모습이 우스운지 농담을 했다.

"호호호호."

굳은 시선으로 노려보던 사로드가 얼굴을 풀자 카리카는 그제야 웃음을 흘리며 긴장을 풀었다. 그러나 그 웃음은 오래가지 못했다.

[너는 입 다물고 있어!]

카리카는 깜짝 놀라며 손으로 입을 틀어막았다.

[이번만은 용서할 수가 없다.]

"재미로 장난친 건데……."

[시끄럽다!]

웃음을 보이며 인자하던 사로드의 얼굴이 갑자기 굳어버렸다.

[저들이 어떤 인간들인지 알지?]

"예."

카리카의 목소리에 기운이 없었다.

[그렇다면 네 죄를 알고 땅속으로 들어가라!]

"사로드님, 제발……."

예쁜 요정은 최대한 애처로운 표정을 지으며 애원했다.

[밖으로 나가려고 수작을 부린 것도 괘씸하지만 리쿠스 신(神)의 신표를 가지고 있는 사람들을 데리고 놀다니 용서할 수가 없다!]

"다시는 안 그럴게요. 제발 땅속으론 보내지 마세요."

카리카가 눈물을 보였다.

"저, 땅속으로 들어가면 어떻게 됩니까?"

알프레드가 조심스럽게 나섰다.

[고스트들에게 고생 좀 하겠지.]

"고생 정도가 아니에요. 저를 얼마나 무시하고 못살게 구는데요."

카리카는 알프레드를 애원하듯 바라보았다.

"저희는 괜찮으니 용서해 줄 수 있으면……."

[방법은 단 한 가지야.]

"그게 뭐죠?"

우리는 두 귀를 세웠다.

[조금 전에도 말했지만 카리카를 데리고 나갈 수 있는 사람은 신전의 주인뿐이야.]

"그 말씀은 맥슨이 신전의 주인이면 모든 게 용서가 된다는 뜻이군요."

알프레드가 아는 체를 했다.

[원래 카리카는 바깥 세상에서 보물을 지키게 되어 있는 요정이지. 여기서야 내가 신의 선물을 지키지만 일단 바깥 세상으로 나가면 나도 어쩔 수가 없거든. 혹시라도 보물이 바깥 세상에서 나쁜 곳에 쓰이지 않도록 지키는 임무를 부여받은 게 저놈이야. 그런데도 밖에 못 나가서 저 덩치 큰 인간한테 장난을 친 거지.]

신의 전령은 고개를 숙이고 처벌만 기다리는 카리카를 가리켰다. 그러자 슬픈 표정의 요정이 고개를 서서히 들었다.

"사로드님!"

눈물이 주르르 흘렀다.

[말해 봐라.]

사로드는 전혀 동요가 없었다. 그 모습이 얼마나 근엄한지 야속하게 보이기까지 했다. 비록 카라카가 잘못은 했더라도 눈물까지 흘리며 애원하는데 너무 심한 것 같았다.

"솔직히 바깥 세상에 나간다는 기약이 없잖아요. 신전이 생긴 이래 여기를 찾아온 사람은 언데드 드래곤인 드라코리치하고 윌리암 둘뿐이었는데 어느 세월에 진짜 주인이 나타나서 저를 밖으로 데리고 나가겠어요?"

[그래서?]

사로드의 인상이 더욱 험악해졌다.

"무작정 기다리는 것도 이제는 지쳤어요. 죽을 수 없는 제 운명이 슬프기만 해요."

카라카는 푸념을 늘어놓았다.

[시끄럽다!]

벌컥 소리를 지르는 사로드의 손가락에서 번개가 튀어나왔다.

쿠르르쾅!

뽀얀 먼지가 위로 치솟아올랐다.

"카라카……."

우리 셋은 너무 놀라 요정의 이름을 동시에 불렀다.

[이놈!]

"모두 지겨워요!"

[신(神)이 주신 의무를 지켜야 하는 요정이 그런 하찮은 소리를 하다니, 정말 용서할 수가 없구나.]

"땅속으로 보내시려면 차라리 죽여주세요."

여자의 앙칼진 음성이 연이어 들리고 잔뜩 뭉쳐 있던 먼지가 동굴 천장으로 퍼지며 사라지자 카리카의 형상이 뿌옇게 나타났다. 그 옆으로 번개가 떨어진 커다란 웅덩이가 파져 있었다.

"휴우! 다행이다."

나는 놀란 가슴을 쓸어 내렸다. 그러나 사로드의 부릅뜬 두 눈과 카리카의 슬픈 시선 속에는 아무도 접근 못할 긴장감이 흐르고 있었다. 여전히 어떤 일이 벌어질지 모르는 극도로 위험한 상황이었다.

(4)

잠시의 시간이 이렇게 길게 느껴지기는 오랜만이었다. 수없이 많은 위험을 넘나들며 이 자리에 서 있지만 내가 아닌 다른 사람으로 인하여 입이 멍하니 벌려지고 손에 땀이 나다니 기분이 이상했다. 물론 아버지가 철갑단의 하멜에게 잡혔을 때나 맥슨과 알프레드가 죽음의 사선(死線)을 오락가락할 때도 있었지만, 그것들은 어떻게든 나하고 직접적인 연관이 있었다. 하지만 지금처럼 결과가 뭐로 나든 나하고는 전혀 상관없는 완전 제삼자의 입장에서는 처음 있는 일이었다. 그렇기에 내가 나서서 해결해 줄 생각은 안 했다. 하기야 내가 나선다고 될 문제도 아니었지만, 아무튼 카리카에게 일어날 다음 일들이 불안하게 보이기는 했다.

그때 알프레드가 조심스럽게 사로드와 카리카 사이로 들어섰다.

"노여움을 푸십시오."

[네가 이곳을 떠나 살려면 저 인간이 보물의 주인이기만을 바래라. 그 외에는 오로지 죽음뿐이다. 특히 내 앞에서 신이 주신 운명을 모욕한 그 입부터 고통을 주겠다!]

알프레드의 만류도 사로드의 끓어오르는 분노를 삭이지 못했다.

[맥슨! 결정했느냐?]

사로드가 느닷없이 맥슨을 불렀다.

"왜, 왜요?"

[보물의 주인을 가려야지.]

"제가요?"

맥슨은 당황했다.

[그래.]

"사양하겠습니다."

사로드가 조용히 맥슨을 노려보았다.

"조금 전에는 좋아서 어쩔 줄 모르던 사이니까 한번 해보지 그러냐?"

내가 또 약을 올렸다.

"지금이 마술에 걸렸던 때와 같아?"

죽기는 싫은가 보다. 목이 메인 소리다.

"용사는 일편단심이어야지. 아무리 마법 때문에 그랬더라도 책임은 져야지."

"당연히 일편단심이지. 나한테는 아만다밖에 없어."

착실하게 빠져나가고 있었다.

"진정한 용사라면 목숨을 걸고라도 연약한 자를 구해야지."

알프레드가 맥슨에게 은근히 강요했다.

"누가 연약해요?"

"카리카가 너무 불쌍하지 않으냐?"

"나도 꼼짝 못하게 마법까지 거는 여자가 연약하고 불쌍해요?"

맥슨은 밀어붙이는 알프레드를 이해하지 못하고 있었다. 나 역시 진지하게 말을 꺼내는 알프레드가 섬뜩하기도 했지만 너무나 완벽한 연기에 낄낄거리며 바라볼 뿐이었다.

[그럼 카리카는 죽음을 안고 땅속으로 가라!]

"사로드님!"

카리카가 머리를 바짝 들었다.

[네 입이 겁도 없이 떠든 소원을 들어주마. 이제는 신께서 주신 임무를 안고 살 필요가 없다. 오로지 깜깜한 땅속에서 그들과 영원하라.]

"맥슨님!"

카리카가 갑자기 맥슨의 다리에 매달렸다.

"왜 이래?"

"제발 절 살려주세요."

요정도 죽기는 싫은가 보다. 좀 전에 보였던 앙칼진 당당함은 전혀 보이지 않았다.

"나더러 대신 죽으라는 거야?"

자세가 완전히 역전되어 있었다.

"사로드님."

그때 알프레드가 신의 전령을 정중하게 불렀다.

[무슨 일이냐?]

"맥슨이 보물의 주인인가를 확인한다고 합니다."

[으음.]

사로드는 큰 스승의 뜻밖의 제안에 고개를 끄덕였다.

"알프레드!"

충격 때문인지 맥슨은 멍하니 큰 스승을 바라보고 있었지만 그 순간 전율이 일어날 정도로 놀란 건 바로 나였다.

"한번 해보는 거다."

"미쳤어요?!"

정신을 차린 맥슨이 매달려 있는 카라카의 손을 세차게 뿌리치고 알프레드의 영혼에게 달려들었다.

"어차피 그 보물이 없으면 헤라트에서 이 대륙을 구하지 못해."

"만일 맥슨이 보물의 주인이 아니면 죽어!"

"할 수 없지."

나야 장난으로 맥슨을 약 올리기 위해 그렇게 말했지만 알프레드는 진심인 것 같았다. 하지만 난 친구를 잃고 싶지는 않았다.

[싸울 것 없다.]

옥신각신하는 우리를 사로드가 말렸다.

[어차피 맥슨이 시험을 받는 것은 처음부터 정해졌던 일이다.]

"이건 또 무슨 말이야?"

알프레드에게 마구 대들던 맥슨이 사로드에게 시선을 돌렸다.

[카라카가 자신의 주인으로 선택한 이상 너는 시험을 받아야 한다. 마법이 걸린 상태로 계속 있었다면 너는 벌써 신전으로 들어섰을 것이다. 그리고……]

"잠… 깐만요."

맥슨은 황당한 표정을 지었다. 그러나 우직하고 단순한 곰탱이는 사로드의 말을 중간에 끊기만 했지, 호흡만 몰아쉴 뿐 아무 말도 하지 못해 옆에 있던 내가 궁금증을 가지고 대신 말을 꺼냈다.

"카리카가 벌을 받는 이유는 맥슨한테 마법을 걸어서 장난을 쳤기 때문이잖아요."

[그렇지.]

사로드가 고개를 끄덕였다.

"그런데도 맥슨이 시험을 받아야 한다면 카리카는 벌받을 이유가 없죠."

[어째서?]

"보물의 주인을 찾기 위해서니 어떠한 수단과 방법을 써도 정당한 게 되잖아요. 어차피 선택된 자는 시험을 받으니까요."

누가 봐도 굉장히 논리 정연한 해설이었다. 하지만 사로드에게는 통하지 않았다.

[내가 말했을 텐데.]

"뭘요?"

맥슨이 불만 가득한 얼굴을 들이밀었다.

[주인을 선택해서가 아니라 밖으로 나가려는 자신의 목적을 위해 신의 징표를 가지고 있는 사람에게 장난친 것에 대한 벌이라고.]

"아⋯⋯."

생각해 보니 카리카가 벌을 받는 이유는 그랬었다. 맥슨도 뭐라 못하고 자신을 끌어들인 카리카를 노려보았다.

[좋다, 그럼 신전으로 가자.]

"저는 허락하지 않았어요."

맥슨은 발을 떼지 않았다.

[너의 의지는 어떻든 상관없다. 오로지 신이 정한 법을 따를 뿐이

다.]

"그래도……."

[신이 정한 법을 모독하지 마라. 신을 모독한 자는 여기서 살아 나 갈 수가 없다.]

사로드는 매우 단호했다.


"세상에 자식을 죽음으로 밀어 넣는 아버지가 어디 있어요?"

울상이 돼서 신전의 입구로 들어서는 맥슨은 알프레드에게 분풀이 를 했다. 큰 스승은 사로드가 말을 꺼내기도 전에 맥슨이 시험을 받을 거라고 나섰던 것이다.

"모두 리쿠스 신의 뜻이다."

알프레드는 덤덤했다.

"그래도 이건 너무 무리한 일이야."

나도 재빨리 알프레드에게 매달렸다. 어떡하든지 다른 방법을 찾아 야 했다.

"어쩌면 맥슨이 신들의 보물을 차지할지도 모르지."

도대체 알프레드의 생각이 뭔지 몰랐다.

"조금이라도 확신이 있는 거예요?"

목숨을 걸고 시험을 받아야 하는 맥슨은 조금이라도 희망을 가지려 했다.

"그래."

알프레드는 정말로 대답만큼이나 기대하는 바가 있는 것 같았다.

"어떻게요?"

"그건 바로……."

나와 맥슨의 귀가 쫑긋했지만 더 이상 들을 수는 없었다. 좁은 길을 지나 신전으로 오자 사로드가 맥슨을 앞쪽으로 불러내며 재촉했다.

[나머지는 뒤로 물러나 있거라.]

주춤주춤 신전 쪽으로 걸어나가던 맥슨은 입을 다물지 못했다.

"이런 데가 있다니……!"

[그 자리에 서라.]

두리번거리던 맥슨이 사로드의 지시에 따라 신전 앞에 멈추었다.

"나하고 똑같네."

처음 이곳에 왔을 때 기억이 생생했다. 신들이 대륙을 만드는 과정을 수놓은 천장을 둘러 양쪽으로 서 있는 금빛 기둥이 더욱 반짝거렸다.

"푸른 기운이 점점 움직일 거야."

나는 맥슨에게 경험담을 들려주듯 하나씩 가르쳐 주었다. 갑옷을 걸친 기사 모양의 기둥 사이로 은은히 푸른 기운이 흘러 다녔다.

"이 석상들은 수정이야?"

맥슨은 신전의 푸른 기운 사이에 놓여 있는 붉은빛의 12개 석상을 주시하고 있었다. 아쿠아소룸 대륙을 만든 12신의 모습이었다. 제단 위에 놓여 있는 신들의 모습이 마치 사람이 움직이는 듯했다.

[더욱 가까이 가라.]

사로드의 지시를 따라 맥슨이 신전으로 더욱 다가가자 정체를 알지 못할 푸른 기운이 더욱 요란하게 움직였다.

[천천히 손을 뻗어보아라.]

"……"

맥슨은 손만 폈다 접었다 할 뿐 움직이지 않았다.

[어서!]

"아, 알았어요."

천하의 맥슨도 떨고 있었다.

[리쿠스 신을 모셔라!]

맥슨은 천천히 손을 내밀어 리쿠스 신의 석상을 잡으려고 했다. 그때 푸른 기운이 강하게 뻗어 나오며 맥슨을 감쌌다.

위이이잉!

커다란 덩치가 공중으로 가뿐하게 떠올랐다. 그러나 맥슨은 조금의 동요도 없었다.

"나도 저렇게 오래 있었어."

침이 목구멍을 타고 내려갔다.

"잘되야 하는데……."

조금 있으면 보물의 주인을 판별하는 의식의 결과가 나올 것이다. 그 결과에 따라 맥슨의 목숨이 결정된다. 만일 주인이 아니어서 또 죽어야 한다면 너무 억울했다.

"맥슨, 힘을 내라."

어느 정도 확신을 가지고 있던 알프레드가 초조한지 혀로 입술을 핥았다.

"제발……!"

나는 두 손을 모았다.

슈슈슈슈!

푸른 기운이 맥슨을 수평으로 눕히며 신전의 중앙으로 끌고 갔다.

"알프레드."

나는 큰 스승을 조용히 불렀다.

"왜 그러냐?"

"정말 자신이 있는 거야?"

"글쎄다……."

알프레드의 손이 턱으로 올라갔다. 그동안 굳게 다문 입술로 자신감을 보이던 모습은 사라지고 없었다. 그렇다면 도대체 알프레드의 계산은 무엇이란 말인가?

"확신한다며?"

"확신은 무슨……."

나는 저절로 벌어진 입을 어쩔 줄 몰라 하며 신전 앞에 높게 떠 있는 맥슨을 바라보았다.

"그럼 정말로 맥슨을 사지(死地)로 몰아넣은 거야?"

알프레드를 마구 다그쳤다.

"어째서 그런 건데?"

겨우 살린 맥슨을 아무 확신도 없이 또 죽음으로 몰아넣다니. 뜨거운 것이 올라왔다.

"알프레드, 미쳤어!"

진정이 되지 않았다.

"내가 알프레드를 놔두고 맥슨을 살려서 화가 났던 거야?"

"……."

알프레드가 아무 말 없이 나를 쳐다보았다.

"말해 보란 말야! 어서 말해!"

그때 신전에서 뜨거운 소리가 들렸다.

슈슈슈슉!

열두 신의 투명 석상이 제단의 양쪽으로 벌어지고 있었다.

슈슈슈슉!

정면에서는 볼 수 없지만 전에 공중에 떠 있던 내 경험으로 미루어 보면 석상이 물러난 그 자리에는 끝이 보이지 않는 검고 둥근 구멍이 생길 것이며, 아래쪽에 생긴 그 구멍은 서서히 꿈틀거리며 사람의 모양으로 바뀌어 마치 땅 위에 비친 그림자처럼 그 크기가 맥슨의 덩치와 똑같을 것이다.

"드디어 시작이구나."

알프레드는 나에게 당한 모욕(?)을 무시하고 제단을 바라보았다.

"맥슨에게 무슨 일이 생기면 어떡하지?"

"너무 걱정 마라."

"확신도 없으면서 왜 말리지 않았어?"

"……."

"사로드에게 부탁이라도 해보지."

나는 아무 대꾸 없이 서 있는 알프레드를 또다시 원망스러운 듯 쳐다봤다.

"윌리암, 나한테 뭐라 해도 소용없는 푸념일 뿐이다. 지금은 맥슨이 무사하기를 바라면서 그냥 지켜보는 것 이외에는 달리 방법이 없어."

알프레드의 영혼이 나를 달래듯 어깨 툭툭 쳤다.

"어헉!"

순간 맥슨의 입에서 신음 소리가 들렸다. 신전에 모여 있던 푸른 기운이 맥슨의 아래쪽으로 사라졌다. 그림자 모양의 구덩이로 빨려 들어간 것이다. 어느 정도 공중에 흩어져 있던 푸른색이 사라지자 역(逆)으로 그림자에서 강렬한 빛을 위로 쏘아냈다.

쏴아아아!

맥슨은 몸이 뜨거워지는 것을 느끼며 공중에서 뒤척거렸다.

[주인이 아닌 자가 보물에 손을 대면……]

"으아아……!"

맥슨의 신음 소리가 점점 크게 들려왔다.

[대지의 뜨거운 물이 넘쳐흘러 너의 뼈까지 녹여 없앨 것이다.]

쏴아아악!

빛은 더욱 강하게 맥슨의 몸을 두드렸다.

"제발 맥슨……!"

이제 심판을 받을 순간이었다.

쿵!

밑에서 쏘아 올리던 푸른빛이 흔적도 없이 사라지며 맥슨이 우리 쪽으로 퉁기어 날아왔다. 덩치 큰 친구는 땅바닥에 떨어지자 잠시 정신을 놓았다.

"맥슨!"

나는 달려가서 맥슨을 껴안았다.

"정신 차려라."

내 뒤를 바로 따라온 알프레드는 걱정스러운 얼굴로 맥슨을 추스르며 천천히 제단으로 시선을 돌렸다.

"맥슨도 주인이 아니구나."

"그럼 이제 어떡해?"

친구의 죽음을 맞이하는 순간이었다.

"심판을 기다려 보자."

알프레드는 침착했다. 내 경우처럼 실망하지도 않았고, 맥슨이 적임자가 아님이 밝혀졌는데도 무엇인가 기대하는 모습이었다.

[으음!]

사로드는 신의 심판을 내리지 못하고 있었다. 아니, 내릴 수가 없었다. 분명히 주인이 아닌 자가 보물을 탐하면 대지의 뜨거운 물로 녹여 버린다고 했는데 오랜 시간이 흘러도 맥슨에게는 어떠한 변화도 없었다.

"내 생각대로다."

시간이 어느 정도 흐르자 알프레드가 손바닥을 마주 쳤다. 그는 자신의 판단에 만족해했다. 내 가슴은 아직도 쿵쾅거리며 조마조마한데 큰 스승은 이번에도 미소를 지었다.

"알프레드는 이미 알고 있었단 말이야?"

"후후후, 짐작만 했던 거지."

언제나 나보다 한 수 높은 알프레드였다. 하기야 평범한 내가 모두가 알아주는 '지혜의 샘'을 따라잡을 수는 없는 일이다. 그렇더라도 미리 귀띔이라도 해주면 좋은데, 언제나 혼자서 끙끙거리는 버릇 아닌 버릇 때문에 곁에 있는 나와 맥슨은 답답할 때가 많았다.

"무슨 말이 있을 텐데……."

알프레드가 중얼거렸다. 그러자 마치 기다렸다는 듯이 신의 전령이 우리 앞으로 나타났다. 조금 전하고는 다른 엄숙한 표정이었다.

[신의 피가 흐르는 자여.]

사로드는 손을 들어 맥슨을 불렀다. 하지만 충격 때문인지 덩치 큰 친구는 아직도 정신을 못 차리고 있었다.

"어서 깨워라."

알프레드가 사로드의 눈치를 보며 나를 다그쳤다.

[신의 피가 흐르는 자는 대답하라!]

사로드는 내 품에 쓰러져 있는 맥슨을 똑바로 쳐다보았다.

"맥슨, 정신 차려!"

나는 맥슨을 마구 흔들었다.

"으음……."

"정신이 들어?"

슬그머니 눈을 뜨는 맥슨의 모습이 이렇게 반가울 줄은 몰랐다.

"다 끝난 거야?"

"그래."

"내가 보물의 주인이야?"

"아니."

맥슨의 눈이 갑자기 활짝 커졌다.

"그럼 나는 죽는 거야?"

"아직은 멀쩡한데 나도 그건 잘 모르겠어."

나는 알프레드를 바라보았다.

"별일없을 거다."

알프레드가 우리를 안심시켜 주었다. 시간이 지나고 보니 내가 봐도 큰일은 일어나지 않을 거 같았다.

[신의 피가 흐르는 자여.]

"……."

맥슨이 아무 반응도 안 보이자 사로드가 재차 부르며 한 걸음 앞으로 다가왔다.

[대답하라!]

"누구한테 말하는 거야?"

"너를 부르는 거야."

"왜?"

"이유는 모르겠고, 우선 대답부터 해."

나는 점점 굳어지는 사로드의 표정을 보며 맥슨을 재촉했다.

"왜 그러는데요?"

맥슨은 감정이 남아 있는 듯했다.

[너에게 임무를 맡기겠다.]

"임무요?"

[비록 네가 신이 남기신 선물의 주인은 아니지만 네 몸에 흐르는 리쿠스 신(神)의 피로 모든 걸 용서받을 수 있다.]

"그럼 죽지 않는 건가요?"

맥슨의 얼굴이 밝아졌다.

[그 대신 너에게 생명을 주신 신의 뜻에 따라 바깥 세상으로 나가거든 이 신전의 진정한 주인을 찾아오너라.]

"제가요?"

[나는 신의 뜻을 모두 전했으니 너와 일행은 이제 떠나도 좋다.]

사로드는 자신이 할 말만을 하고 사라지려 했다.

"아니, 잠시만요."

맥슨이 잠시 숨을 돌렸다.

"어디 가서 보물의 주인을 찾아요? 밖에 나가면 할 일도 많은데."

[보물의 주인 역시 신의 피가 흐르고 있을 터, 쉽게 알아볼 수 있을 것이다.]

알쏭달쏭한 얘기를 들으며 나는 맥슨과 함께 자리에서 일어났다.

"아무튼 이제 가도 된다니까 기쁘긴 한데, 솔직히 신께서 주신 임무를 지킬 자신은 없습니다. 우리 샤론 족을 다시 일으키는 게 더 큰 일이거든요."

맥슨은 신의 전령이 말하는 의도를 받아들이는 척하면서 벗어나려 했다. 단순한 그에게는 머리 아플 일이었지만 미소까지 띠고 있는 것을 보면 살아 있다는 사실이 기쁘기만 한 것 같았다.

[그 일은 걱정 마라.]

"어차피 나가서 우리 일부터 하면서 쉬엄쉬엄 찾을 거라 크게 걱정하진 않고 있습니다."

[후후후.]

이죽거리기 시작하는 맥슨이 귀여운지 사로드가 드디어 웃음을 보였다.

[그 문제는 카라카가 도와줄 것이다.]

"누구요?"

나와 맥슨은 동시에 땅바닥에 엎드려 있는 요정을 보았다.

[카라카, 너는 맥슨을 따라 세상으로 나가라.]

"정말입니까?"

풀이 죽어 있던 요정의 얼굴이 활짝 피어났다.

[맥슨을 잘 모시도록 해라! 너의 가장 중요한 목적은 주인을 잘 모시는 거다.]

"그럼 땅속으로 가지 않아도 되는 거죠?"

갑자기 변해 버린 처지가 믿어지지 않는 듯했다.

[당연하지.]

"사로드님, 감사합니다."

카라카가 일어서며 기쁨에 겨워 어쩔 줄 몰라 했다.

[가서 보물의 주인을 찾는 데 최선을 다해라!]

"감사합니다. 정말 감사합니다."

연신 고마움을 표시하던 카리카가 맥슨의 옆으로 왔다.

"저는 싫습니다!"

맥슨은 카리카를 밀치며 사로드의 호의를 거부했다.

[어째서?]

"힘들어도 혼자 찾을래요. 이런 요정이 옆에 있으면 방해만 되거든요."

불만 어린 말투였다. 마법까지 걸어 장난친 요정을 곱게 볼 리가 만무했다.

[으음.]

사로드가 눈을 가늘게 떴다.

"더군다나 저는 신전의 주인이 아니니까 카리카를 맡을 의무도 없어요."

"잘할게요."

카리카는 애교 섞인 비음을 하늘거리는 몸짓과 함께 토해냈다.

"됐어!"

일그러진 표정의 맥슨이 사로드의 선심(善心)을 못마땅하게 바라보았다.

[쓸데없는 투정 부리지 말고 내 말을 잘 들어라.]

사로드가 다시 진지한 음성으로 맥슨을 타일렀다.

[이곳의 주인은 오로지 너를 통해서만 신의 보물을 만날 수 있다.]

"저를 통해서요?"

[카리카는 너를 진심으로 모실 것이다. 마치 신을 대하듯이 말이야.]

"맥슨이 신의 대리인이기 때문인가요?"

그때까지 아무 말 없이 자신의 확신을 지켜보고 있던 알프레드가 말을 꺼냈다.

[맞네. 맥슨은 이제부터 내가 임명한 신의 대리인이야.]

"그렇다면 사로드님과 동격입니까?"

[하하하.]

조금은 당돌한 질문이었는지 신의 전령은 웃음부터 흘렸다.

"죄송합니다."

알프레드가 허리를 숙여 사과를 했다. 아무튼 상대방 비위 맞추는 예절은 큰 스승을 따라갈 사람이 없을 것이다.

[맥슨은 나를 대신할 뿐 나와 같지는 않지. 보물의 주인을 찾으면 신의 대리인이란 임무도 끝나는 거고. 다만……]

"임무가 끝나도 보물의 주인이 맥슨을 따라야 하는군요."

[역시 똑똑하군.]

사로드는 알프레드를 보면서 감탄을 했다.

"별말씀을……."

[몇 번 지켜봤지만 정말 영리한 영혼이야.]

"누구나 쉽게 짐작할 수 있는 겁니다."

알프레드가 겸손을 나타내며 나를 힐끔 보는데 괜히 얼굴이 빨개졌다. 아니, 누구나 쉽게라니. 그럼 멍청히 머리만 굴리는 나는 사람도 아니라는 말인가?

"신의 대리인을 통해서 얻은 보물이니 그 능력을 발휘하는 것도 맥슨과 함께 있어야 더욱 빛을 발하게 되는 거죠."

[그렇지.]

알프레드와 사로드는 지금의 상황을 풀어서 설명해 주고 있었다. 그러나 나와 맥슨은 그저 눈만 멀뚱멀뚱 뜨고 있을 뿐이었다.

"하나만 더 여쭤보죠."

[무엇인가?]

"맥슨을 통해 보물의 주인을 찾고자 함은 그만큼 급해졌다는 말씀입니까?"

[으음!]

알프레드가 핵심을 찌른 것 같았다. 신의 전령은 잠시 뜸을 들이며 곤혹스러워했다.

[신의 징표들이 나오기 시작했다는 것은…….]

사로드가 말을 멈추고 맥슨을 잠시 바라보았다.

[어지러운 세상이 심판을 받을 때가 됐다는 뜻이지. 아직은 신들께서 조용히 계시지만, 그렇다고 지금의 아쿠아소룸 대륙이 처해 있는 상황을 모르시는 것은 아니네.]

"그러니까 신들께서도 더 이상은 인간에게 맡겨놓을 수 없다는 건가요?"

알프레드가 심각한 표정을 지었다.

[신들이 나선다면 대륙의 모든 종족에게는 재앙이겠지. 물로든 불로든 깨끗이 쓸어버리실 테니까 말야. 하지만 리쿠스 신을 비롯한 모든 신들은 인간하고의 약속을 저버리지는 않을 걸세. 지금의 문제를 해결하는 방법도 인간의 손에 맡기려고 할 거야. 그렇기 때문에 신전의 보물을 미리 만들어놓았을지도 모르지. 아무튼 중요한 건 리쿠스 신의 피가 흐르는 맥슨이 이곳에 왔다는 것이지. 신의 대리인이 되기 위해서 말야.]

"미리 정해져 있었다는 말인가요?"

[그건 신들만이 아시겠지. 나도 오늘에서야 이런 지시를 받은 거니까.]

"모두가 신의 뜻이라……."

알프레드가 의미심장하게 중얼거렸다. 그러나 나와 맥슨은 여전히 멀뚱멀뚱 눈만 깜빡일 뿐 둘의 대화에는 끼지도 못하고 있었다.

"저는 뭐가 뭔지 하나도 모르겠어요."

곁에 바짝 붙어 있는 카리카를 벌레 보듯 멀리하며 머리를 긁적이는 맥슨도 그랬지만 나 역시 무슨 일이 어떻게 벌어지는 것인지 확실하게 알지를 못했다. 일단은 맥슨이 보물의 주인이 아니어도 신의 피가 흐른다는 이유로 살아났으며, 뿐만 아니라 신의 대리인이란 대단한 직위까지 얻었다는 것만 알 뿐.

[갈 길이 바쁠 텐데 그만 떠나거라.]

사로드가 신전으로 몸을 물리며 우리에게 손짓을 했다.

"너무 커다란 선물을 받고 갑니다."

알프레드가 정중히 허리를 숙였다.

"뭐가 커다란 선물이에요?"

맥슨은 나지막하게 툴툴거렸다.

"어서 가요."

죽을 줄만 알았던 카리카는 그렇게도 원하던 바깥 세상으로 나가게 되자 한시라도 빨리 움직이기를 바랬다.

[잘들 가라.]

사로드가 손을 흔들었다.

"안녕히 계세요."

[건강한 모습으로 다시 보도록 하자.]

"나는 별로 그러고 싶은 마음이 없구만……."

맥슨의 입심은 여전히 불만 가득이다.

[지금 뭐라 했냐?]

"아… 아닙니다. 곧 돌아온다구요."

당황한 맥슨이 더듬거리며 얼버무렸다.

[당연하지.]

사로드가 만족한 미소를 지었다. 그러나 돌아서는 맥슨의 입이 이번에도 가만히 있지는 않았다.

"늙은이가 귀도 무지 밝네."

[아까부터 뭐라 중얼거리는 거냐?]

"이크!"

맥슨이 목을 움츠렸다. 그때 카리카가 낭랑한 목소리로 인사를 했다.

"사로드님, 다녀오겠습니다."

[그래, 잘 다녀와라.]

찡그린 표정으로 맥슨을 바라보던 사로드가 카리카의 인사를 받았다.

"안녕히 계세요."

나도 오랜만에 예의를 보여줬다.

[그리고 맥슨.]

사로드는 내 인사를 웃음으로 받으며 맥슨을 불렀다.

"왜 자꾸 불러요?"

[신의 대리인은 나한테 불만이 있는 것 같구나?]

"그런 게 아니고, 빨리 나가서 보물의 주인을 찾아야 하는데 자꾸 못 가게 하니까……."

말 같지 않은 변명이었다. 틀림없이 불호령이 떨어질 것이다. 맥슨은 시험을 받은 이후부터 불만에 가득 찬 목소리로 사로드를 대하고 있었다. 아니나 다를까, 내 생각대로 사로드가 맥슨에게 다가오더니 손을 들었다.

[드디어 신의 대리인이 자신의 본분(本分)을 깨닫고 있구나. 나는 너의 그런 모습이 너무 흐뭇하다.]

놀랐던 가슴이 한순간에 푹 하고 꺼졌다.

"그, 그렇습니다."

혼날까 봐 몸을 움츠렸던 맥슨은 얼떨결에 대답을 했다. 그러자 사로드는 만족한 듯 미소를 띠며 말을 계속했다.

[신의 의무를 지키려는 너의 급한 마음이야 내가 잘 알지만 그래도 용사에게 무기가 없어서야 안 되지.]

사로드의 손에서 보라색 광채가 뻗어나더니 기다란 형태를 만들어 갔다. 끝이 뾰족하고 손잡이가 어렴풋이 자리를 잡아가는 것으로 보아 롱 소드 같았다.

[자, 받아라.]

밝은 광채가 기다란 칼 속으로 머금어 들어가더니 사로드의 손에서 불꽃이 일어났다. 그리고는 곧장 맥슨에게 날아왔다.

털컥!

맥슨 앞에 떨어진 것은 특별나지는 않지만 완벽한 롱 소드였다. 그러나 신의 대리인은 꼼짝도 하지 않았다. 나는 맥슨이 그렇게 심각하게 움직이지 않는 모습을 대한 적이 별로 없었다.

"감사합니다."

지금까지의 이죽거리던 맥슨의 모습은 없었다.

"샤론의 용사로서 신의 의무를 다하겠습니다."

칼을 소중히 집어 드는 맥슨의 모습을 보며 그가 왜 샤론의 최고 용사인지를 알 것 같았다. 나하고 만나기만 하면 맨날 장난이나 치고, 머리 쓰는 것은 열 살짜리 코흘리개만도 못하고, 심각한 처세(處世) 따위 하고는 거리가 먼 그였지만 칼을 대하는 마음가짐은 용사로서의 자격이 충분했다. 예전에 드워프들에게서 '볼케닉 소드'를 받던 그의 모습이 떠올랐다.

"그럼 이만 물러나겠습니다."

알프레드가 이별의 모든 마무리를 책임지듯 인사를 했다.

"알프레드는 언제부터 이 일을 짐작한 거야?"

사로드에게 작별 인사를 하고 돌아서며 나는 가슴에 품고 있던 궁금증을 풀어놓았다. 사실 그냥 넘어가기에는 아무리 상황이 그렇기로서니 알프레드에게 마구 쏘아붙였던 것이 미안했다. 그리고 일방적으로 당하고도 맥슨이 시험을 치르는 과정만 묵묵히 지켜보던 큰 스승의 깊은 뜻도 궁금했다.

"그러지 말고 나한테 미안한 거 있으면 노래나 하나 해라."

"미안한 게 뭐 있어?"

"정말 없어?"

"그거야 알프레드의 잘못도 있지."

마음과는 다른 소리를 했다. 내 성격이 쉽게 변할 리가 없었다.

"무슨 일인데?"

신의 시험을 받고 있어서 우리 사이에 있었던 대화를 모르던 맥슨이 궁금한지 끼어들었다. 맥슨의 참견 안 하고는 못 배기는 성격도 그대로였다.

"사실은······."

나는 그 당시의 얘기를 맥슨에게 들려주었다. 시시각각 얼굴빛이 변하던 맥슨이 알프레드를 노려보았다.

"그렇다고 어떻게······."

맥슨의 얼굴이 굳어졌다.

"왜 그래?"

알프레드가 잠시 놀란 몸짓을 했다. 그만큼 맥슨의 태도가 진지했다.

"맥슨, 참아!"

나는 이미 지나간 일 때문에 서로 다투게 될까 봐 걱정이 됐다. 그리고 결과적으로 잘 풀린 일이었다. 괜히 긁어 부스럼을 만들 필요는 없었다.

"참긴······."

맥슨은 지그시 알프레드를 보더니 입을 열었다.

"나이 드신 분이 그러는 거 아닙니다."

"너 지금 나한테 훈계하냐?"

"기분 나빠도 들을 것은 들어야죠."

상태가 심각해지는 듯했다.

"알지도 못하면서 함부로 뭐라 말하지 마라."

알프레드가 더 이상 말을 하지 않으려 했다.

"하루 이틀 본 것도 아니고 제가 왜 아버지를 모르겠습니까?"

"아버지?"

부자지간의 인연까지 내세우는 거 보니 맥슨이 그냥은 넘어가지 않으려는 듯했다.

"맥슨……."

나는 눈을 흘기는 맥슨을 잡아끌었다. 괜히 내가 말을 꺼내 가지고 기분 좋게 맞이해야 할 기나긴 여정의 끝을 높은 언성으로 마무리하고 있었다. 그렇게 들떠 있던 카리카도 우리들의 눈치를 보기 시작했다.

"윌리암, 네가 참아라."

"뭐?"

갑자기 화살이 내게로 왔다.

"나이 든 분이 아직 철이 없어서 그러니까 의젓한 네가 참아야지."

"이놈이 또 무슨 소리를 하는 거야?"

알프레드도 어이가 없기는 마찬가지인가 보다.

"지금 큰 스승님이 삐쳐서 그러는 거잖아요?"

"삐쳐?"

분위기가 이상한 쪽으로 흘러갔다. 내가 우려했던 것하고는 전혀 다른 쪽이었다.

"원래 자주 그러잖아."

맥슨은 어깨로 나를 툭 치며 한쪽 눈을 찡긋했다.

"뭐가 자주 그래?"

"내가 걱정이 돼서 윌리암이 투덜거린 걸 가지고 꽁하게 마음에 담아 놨다가 이제 와서 노래를 부르라고 하는 거잖아요. 만일 내가 잘못됐어 봐, 꼼짝도 못하고 있을 거면서……."

"시끄러워!"

나를 잡고 낄낄거리던 맥슨이 움찔했다.

"왜 소리는 지르고 그래요?"

"맥슨……."

나는 웃음밖에 나오지 않았다. 우리하고 처음으로 여행을 떠나는 카라카의 난감해진 표정도 가관이었지만 맥슨은 성격이 좋은 건지, 정말 단순한 건지 구분이 안 가는 친구였다.

"앞으로 네놈하고 또 싸울 일이 끔찍하다."

"그리고 말 좀 삼가해 주세요."

"뭐라고?"

"신의 대리인에게 자꾸 이놈저놈 하지 마세요."

"으그그."

알프레드는 열이 받고 있었다.

"거기다가 리쿠스 신의 피까지 흐르는 나를 너무 심하게 다룬다고 생각 안 하세요?"

"내가 미쳐!"

"같이 다니려면 신경 좀 써주세요."

"이걸 팰 수도 없고……."

영혼이라 어쩔 수 없는 자신의 처지를 알프레드가 한탄했다.

"그건 맥슨님의 말씀이 맞습니다."

"맥슨님?"

나와 알프레드가 동시에 턱을 떨어뜨렸다.

"앞으로 신의 대리인님을 무시하는 언행은 용서하지 않겠습니다."

"카라카……!"

맥슨이 감격하며 요정의 손을 잡았다.

"저는 이제 맥슨님의 신하입니다."

"알았다. 내가 너를 보호해 주마."

아주 죽이 잘 맞고 있었다. 맥슨 하나 간수하기도 수월치 않을 텐데 카리카라는 혹까지 따라붙었으니, 가뜩이나 힘들 여행 길이 더욱 암담해졌다. 그래도 우여곡절 끝에 우리 셋이 다시 모여 아버지와 샤론족의 뜻을 따를 수 있게 되어 너무 다행이었지만.

(5)

알프레드는 지하 세계를 빠져나오면서부터 이곳에서는 맥슨을 이길 수 있는 존재가 없다고 판단했다. 지하 세계를 맡고 있던 신의 전령 하두카가 알프레드를 차지하려던 욕심을 접고 땅 위로 내보내 준 것도 맥슨의 몸에 흐르는 신성한 피 때문이었다. 뱀파이어의 족장이 빨아 먹고 녹아 사라질 정도라면 맥슨은 이미 이곳에서 대단한 존재였다. 따라서 하두카와 똑같은 레벨의 사로드도 맥슨에게는 어쩔 수 없었을 것이다.

"카리카가 맥슨에게 장난을 쳤다고 할 때부터 쉽게 나갈 수 없다는 것을 알았단 말이야?"

내가 놀라서 알프레드를 쳐다보았다.

"그렇지."

"어떻게 아셨어요?"

카리카가 호들갑을 떨었다. 이제 만난 지 얼마 되지도 않았는데 벌써 맥슨을 닮아가고 있는 듯했다. 나에게는 별로 반가운 일은 아니었다.

"신전에서 카리카를 데리고 나갈 수 있는 사람은 딱 한 사람뿐이잖아? 나중에 사로드님이 말해 줘서 정확한 답을 확인했었지."

"보물의 주인이어야 한다는 거?"

나는 항상 생각이 우리보다 앞서 가는 큰 스승을 존경의 눈으로 바라보았다.

"그래서 먼저 나서면 조금 더 유리할까 했는데 아나나 다를까, 맥슨이 시험을 받아야 한다고 하니까 그냥 놔둔 거지."

우리는 신전을 빠져나오며 알프레드의 설명을 듣고 있었다. 맥슨이 삐쳤다고 해서 그런지 무지 진지하게 그때의 상황을 친절하게 설명해 주었다.

"시험을 받아도 죽지 않을 거란 것도 알았고?"

"신이 직접 나타나기 전에는 누구도 맥슨을 건드릴 수 없다고 확신했으니까. 그리고 혹시 맥슨이 보물의 주인일지도 모른다는 아주 쓸데없는 생각을 잠시 했지."

"그럼 나한테 시험을 받게 한 것은 빨리 끝내고 신전에서 벗어나려 했던 거예요?"

"당연하지. 너한테 그 이상을 바랄 게 어디 있겠냐. 더 바라면 내가 너 같은 곰탱이지."

"곰탱이?"

맥슨이 카리카를 쳐다보았다. 그러나 예쁜 요정은 눈만 깜빡일 뿐 아무 말도 하지 않았다.

"……?"

"왜 가만히 있지?"

"뭐가요?"

"나한테 곰탱이라고 모욕적인 말을 했잖아."

"아하."

그제야 카리카가 맥슨의 말뜻을 알아들었다.

"혹시 나한테 잘 보이려고 마음에도 없는 말 한 거 아나?"

"아니에요. 제가 감히 신의 대리인한테 거짓말을 하겠어요?"

"그럼 뭐야?"

"사실은 곰탱이라는 말이 무슨 뜻인지 몰라서 그랬어요. 맥슨님이 설명 좀 해주세요."

"참말로."

맥슨은 기가 막히는지 혀를 찼다. 그러나 알프레드는 맥슨과 카리카가 떠드는 소리에는 신경도 쓰지 않았다.

"다만 맥슨이 시험을 받는 그 순간에 내가 걱정했던 것은 만일 보물의 주인이 아니었을 때 맥슨에게 주어질 처벌이었어. 그런데 의외로 더 좋은 지위를 받고 나왔으니 다행이지."

"그것도 모르고 알프레드의 마음만 아프게 했네."

나는 진심으로 사과했다.

"괜찮다. 마음 넓은 내가 참아야지."

"고마워."

입술을 삐쭉거리며 돌아서는 나에게 맥슨이 손가락을 흔든다.

"거봐, 너에게 마구 당해서 삐쳤다니까."

"맞아, 저 속 좁은 건 어쩔 수 없어."

"키키키."

"히히히."

우리는 소곤거리며 꼬불거리는 길을 따라 걸어갔다.

"빛이 들어온다!"

카리카가 제일 반가운 듯 밝은 색이 뿌옇게 들어오는 쪽으로 달려 나갔다.

"드디어 밖으로 나왔구나."

맥슨이 기지개를 켰다.

"여기도 땅속이야."

나는 주변을 두리번거렸다.

"정말?"

"위를 보라니까."

설명 대신에 천장을 가리켰다. 기다란 종유석들이 삐쭉거리며 거꾸로 매달려 있었다.

"동굴 안에 이렇게 밝은 곳이 있다니 믿어지지가 않아."

"뭐 이 정도를 가지고 그래."

맥슨은 내가 드라코리치를 만났던 바닷가를 본다면 더욱 난리를 칠 것이다.

"동굴이라도 신전을 나왔으니 여기서부터는 어디를 가든 드래곤들의 땅이다."

"그렇군요."

드래곤의 영토에 처음 발을 디딘 맥슨이 신기한 듯 주위를 두리번거렸다.

"너무 멋져요!"

"카리카, 너무 멀리 가지 마라!"

알프레드가 걱정스러운 목소리로 철없이 뛰어다니는 여자 요정을 불렀다. 그녀는 어여쁜 여자의 모습으로 변해 있었다. 하늘거리던 푸른 옷은 누런 평상복으로 갈아입었고 빨간 머리를 수놓았던 꽃들도 제거해 버렸다. 더욱이 요정만이 가지는 커다란 귀도 기다란 머리칼로 가렸다.

"카리카가 제일 신났네."

"그러게 말이야."

"어째 불안하다."

"알프레드, 뭐가?"

"저 곰탱이보다 더한 골칫덩어리를 데리고 다니는 것은 아닌가 해서……."

"거기에 왜 나를 끌어들여요?"

맥슨이 눈을 치켜떴다.

"알프레드, 신경 쓰지 마."

"어떻게 신경이 안 쓰이누?"

"맥슨이 다 책임질 테니까 괜찮을 거야."

내가 맥슨의 옆구리를 툭 쳤다.

"그럼!"

거드름을 피는 신의 대리인이 눈꼴시기는 했어도 의젓해 보이는 게 나쁘지만은 않았다. 우리가 티격태격 말싸움을 하는 동안에도 카리카는 춤을 추듯 빙빙 돌면서 웃음을 그치지 않았다.

"호호호호!"

"아무튼 좋긴 무진장 좋은가 보다."

나는 여자의 웃음소리가 이렇게 맑고 고운 줄은 몰랐다. 사방으로 꽉 막혀 있던 신전에서 듣던 웃음하고는 너무 다른 청아한 소리였다.

"호호호호!"

허리까지 오는 빨간 머리를 휘날리며 웃음과 함께 앞장을 서서 걷고 있던 카리카는 우리하고는 또 다른 감회를 느끼고 있는 듯했다. 사방을 둘러보는 커다란 눈망울은 신비롭기까지 했다. 하기야 몇백 년 동안 그렇게 나오고 싶던 바깥 세상이니 말로는 다 표현 못할 기쁨이 그녀에게 있을 것이다.

"모두 조심들해라."

"알았어요."

알프레드의 노파심 가득 찬 주의 사항을 들으며 우리는 조심스럽게 바위들을 헤쳐 나갔다.

우리가 신전을 빠져나와 도착한 곳은 거대한 돌들이 이리저리 흩어져 있는 작은 둔지였다. 그리 넓지는 않았지만 사방으로 뻥 뚫린 평지는 종유석이 달린 천장으로 스며드는 밝은 빛과 묘한 조화를 이루며 평화롭게 보였다.

"잠깐! 길을 멈춰라!"

우리가 산 아래까지 내려왔을 때 바위틈에서 검은 그림자가 나타났다.

"누구냐?"

맥슨이 한 팔로 우리 일행을 감싸며 길을 막는 방해꾼을 노려보았다. 그 옆으로 카리카가 두 손을 가슴에 모으고 공격 자세를 취했다.

"주인님, 저한테 맡기세요."

"잉?"

느닷없는 카리카의 행동에 맥슨이 놀랐다.

"정말?"

"저는 주인님과 친구 분들을 지킬 의무가 있습니다."

"와아!"

맥슨이 감탄했다.

"하하하."

우리의 길을 막았던 방해꾼이 큰 소리로 웃었다. 몸매는 보통이었지만 인간의 어른보다 머리 두 개는 더 커 보이는 남자가 후드를 깊게 눌러쓰고 있었다.

"알프레드, 드래곤일까?"

"그럴 거다."

나는 전에 만났던 블랙 드래곤과 그린 드래곤을 떠올렸다.

"이번에는 어떤 놈일까?"

"골드 드래곤 같은 착한 드래곤이면 좋을 텐데……."

알프레드는 천천히 앞으로 나갔다. 사내의 정체를 직접 알아보려는 심산이었다.

"웃지만 말고 우리를 막는 이유를 대라!"

카리카의 눈에서 살기가 쏟아졌다.

"이거 주객(主客)이 전도됐군요. 여기는 엄연히 우리 땅입니다."

사내도 물러서지 않았다. 그러나 매우 친절한 말투였다.

"이유야 어찌 됐든 우리를 막는 자는 죽음을 면치 못한다."

"이봐요, 아가씨."

"왜 불러?"

독기가 묻어 있었다.

"예쁜 웃음을 가지고 있는 아가씨의 입에서 나올 말은 아니군요."

"무, 무슨?"

"당신처럼 아름다운 분은 처음입니다. 하지만 저는 지금 실망하고 있습니다."

"그, 그게 그러니까……."

사내의 부드러운 목소리에 카리카는 당황했다.

"나한테 와봐요."

팔을 벌리는 사내의 동작이 매우 우아했다.

"정말 제가 아름다운가요?"

"물론입니다."

"얼마나 아름답죠?"

얘기가 이상하게 흐르고 있었다.

"엘프보다도 더 아름답죠."

사내는 나를 힐끔 보았다. 혹시 나를 엘프로 알고 있는지도 몰랐다. 종종 겪는 일이긴 하지만 왠지 썰렁했다.

"고마워요."

"지금 당장 청혼이라도 하고 싶군요."

"청혼?"

"결혼해서 같이 살고 싶다는 말이에요."

"아……!"

감탄사가 튀어나왔다.

"저도 당신이 좋아질 거 같아요."

카리카의 공격 자세는 눈 녹듯 녹아 사내에게 끌려가려 했다. 그녀의 발걸음이 서서히 사내 쪽으로 움직였다.

"카리카, 정신 차려라!"

알프레드가 앞으로 나서며 소리쳤다.

"저는 가야 해요."

사내는 양팔을 벌리고 카리카를 기다리고 있었다.

"가긴 어딜 가?"

맥슨이 카리카의 어깨를 잡았다.

"놈은 너에게 마법을 걸고 있어."

알프레드는 카리카를 막고 섰다.

"그는 저한테 마법을 걸지 않았어요."

두 눈이 풀린 카리카는 사내에게 웃음을 보였다.

"지금 너는 저놈에게 정신을 빼앗기고 있다니까."

맥슨이 이해할 수 없다는 표정을 지었다. 하지만 카리카에게는 어떠한 말도 들어오지 않는 듯했다. 아무래도 그녀는 외모에 대해서 집착이 강한 요정인 듯했다.

"저분 너무 멋있잖아요."

"카리카!"

"저의 아름다움을 알다보다니 너무 좋아요."

공중에 붕 떠 있는 모습이었다.

"나는 거짓말을 못하죠."

사내가 한 걸음 다가왔다.

"맥슨님, 들으셨죠?"

카리카는 좋아서 어쩔 줄 몰라 했다. 그녀는 아름답다는 말 한마디에 적일지도 모르는 남자에게 정신이 나간 것이다.

"저놈은 분명히 이곳에 사는 사악한 드래곤 중에 하나야. 그렇지 않고서야 카리카를 이렇게 만들 수는 없어."

나도 카리카를 막아섰다.

"윌리암, 아니라니까!"

카리카가 팔짝 뛰더니 맥슨에게 매달렸다.

"주인님."

"왜?"

맥슨은 불안한 듯 카리카를 쳐다보았다.

"저분도 데리고 가요."

"뭐야?"

이렇게 황당한 경우가 있다니, 우리 일행이지만 입을 다물지 못할 일이었다. 카리카가 이토록 천방지축일지는 몰랐다.

"나하고 결혼해서 같이 다니면 되잖아요."

"허어!"

알프레드는 어깨를 떨어뜨리며 한숨을 내쉬었다.

"윌리암, 내가 전에 골칫덩어리 같다고 했지?"

"그러게. 맥슨보다 더하면 더했지 덜하지는 않네."

"앞날이 훤하다."

알프레드는 머리를 짚으며 뒤로 돌아 사내하고 마주 섰다.

"하하하."

사내는 만족한 웃음을 지었다.

"기꺼이 레이디를 따르겠습니다."

"주인님!"

카리카는 사내의 믿음직한 모습을 보며 더욱 애원했다.

"아가씨, 저한테 오세요."

사내가 더욱 다가왔다.

"이놈! 멈춰라!"

맥슨이 카리카를 뒤로 잡아당기며 롱 소드를 뽑아 들었다.

"싫은데?"

"그럼 죽어야지!"

칼날이 수평으로 곧장 원을 그렸다.

쨍!

사내는 가볍게 맥슨의 칼을 쳐내며 옆으로 피했다. 언제 꺼냈다가 집어넣었는지 손에는 아무것도 들려 있지 않았다. 그러나 예전의 힘을 찾은 맥슨은 첫 번째 공격의 실패에도 당황하지 않았다. 오히려 사내가 피한 쪽으로 발을 옮기며 아래에서 위로 칼날을 뿌렸다. 그 속도가 워낙 빨라 옆에서도 잘 볼 수가 없었다.

"바디 웨폰(Body Weapon)!"

다급한 목소리로 마법을 스펠하는 소리가 들리며 맥슨의 칼을 미처 피하지 못한 사내의 몸이 돌처럼 굳어졌다. 말 그대로 그의 몸 전체가 하나의 거대한 무기로 변한 듯했다. 어떤 싸움이든 두 사람의 실력이 제일 중요하지만, 이 마법은 공격한 사람도 커다란 피해를 입을 수밖에 없었다.

쨍그랑!

돌덩이로 변한 사내의 몸통을 공격한 맥슨의 칼이 뒤쪽으로 휘청했다. 굉장한 반발력이었다. 그 충격은 공격한 사람의 손목을 부러뜨리기에도 충분하게 보였다. 하지만 신음 소리는 몸으로 맥슨의 칼을 막은 사내의 입에서 흘러나왔다.

"으윽!"

그것은 대륙에서 알아주는 천하장사의 힘을 미처 간파하지 못한

실수일 것이다. 사내는 맥슨을 보통의 용사 정도로만 생각했고, 그래서 바디 웨폰이라는 마술로 어느 정도 지탱할 수 있다고 판단했던 것 같다.

"마지막이다!"

위쪽으로 올라가며 사내의 몸통을 때렸던 칼이 부드럽게 빙그르 돌았다. 정확히 사내의 목 높이였다.

"주인님, 제발……!"

카리카가 두 손을 모으며 애원했지만 이미 맥슨의 롱 소드는 사내의 목덜미를 가르려는 참이었다.

펑!

무엇인가 터지는 소리가 칼끝에서 들렸다.

"으읍!"

득의만만하던 맥슨이 신음 소리와 함께 뒤로 물러났다.

"밤 로드(Bam Rod)!"

사내의 몸이 둘로 나눠지며 터져 나온 것은 불꽃을 일으키는 채찍이었다. 예상치 못한 공격이었다.

"으헉!"

맥슨이 땅에 뒹굴며 겨우 채찍을 피했다. 순간 앙칼진 여자의 음성이 터져 나왔다.

"멈추세요!"

카리카의 손에서 하얀 파도가 일렁거렸다.

"에레스트 볼!"

"이런!"

사내의 놀란 소리가 울리고 불을 뿜던 채찍이 화재 소화용 주문에 멈칫했다.

"레이디는 마법까지 쓰시는군요. 감탄했습니다."

둘로 갈라진 사내의 상체가 경의를 표했다.

"멋있는 남자 분, 매번 칭찬을 해주시니 몸 둘 바를 모르겠습니다."

"제 마음은 여전합니다."

"저 역시 당신의 청혼을 받아들일 준비가 되어 있답니다."

잠시 숨 돌릴 틈이 생겼다.

"이제 장난은 그만 하자."

둘로 나누어진 허리 아랫부분이 상체를 보고 말을 건넸다. 사내는 원래 두 명이 한 몸으로 행세를 하고 있었던 거 같다.

"주인님! 괜찮으세요?"

"카리카, 덕분에 살았다."

싸움에서는 자존심이 무척 강한 맥슨이 어쩐 일로 카리카를 칭찬했다.

"이 정도야 기본이죠."

잘난 체하는 것도 맥슨과 똑같은 카리카이다.

"너희들은 누구냐?"

"친구를 몰라보다니 섭섭하군."

알프레드가 엄하게 묻자 상체가 후드를 움직였다.

"친구라고?"

맥슨이 알프레드를 바라보았다.

"우리는 이곳에 친구라고는 없다."

"그런가?"

사내의 하체가 섭섭한지 입맛을 다셨다.

"어서 누군지 말해!"

나는 눈에 힘을 주며 '헤데지바의 거울'을 움켜잡았다.

"벌써 우리를 잊다니⋯⋯."

사내는 깊게 쓰고 있던 후드를 벗어젖혔다.

"후치우디스?"

알프레드가 놀랐다.

"노노라고?"

나 역시 한 걸음 앞으로 나서며 사내의 얼굴을 확인했다.

"그럼 저쪽은⋯⋯."

"당연히 찰스지."

드라코리치의 수행 기사들이었다.

*슈슈슈슉!*

둘의 몸이 점점 커지더니 원래의 모습으로 돌아왔다. 드래코니안인 노노와 드래곤뉴트인 찰스는 분위기만 다를 뿐 검은 머리의 작은 얼굴은 쌍둥이와 같았다. 작은 눈에 주먹만한 코와 커다란 입이 썩 잘생긴 모습은 아니지만 남자다웠다. 그래도 전에 보았을 때는 귀여운 아이 같았는데 지금은 덩치와 키가 커지고 좀 더 자란 모습이었다.

"키가 전보다 커졌네."

"우리는 어떤 모습으로든 변할 수 있거든."

"그럼 좀 더 잘생긴 모습으로 변하지."

나는 별로 마음에 안 드는 족속들을 보며 비웃었다.

"하하하."

노노가 나의 마음을 모르는지 밝게 웃었다.

"윌리암도 친구들이 늘었네?"

찰스는 맥슨과 카리카를 번갈아 보았다.

"신경 쓸 거 없어."

"……."

내 태도가 이상한지 노노하고 찰스가 말을 멈추었다.

"윌리암."

"엉?"

"스쿠르벤드 대왕님의 체면도 있으니까 말을 함부로 하지 말아야지."

생각지도 못한 일이었다. 전에는 친구처럼 말을 놓았었는데, 알프
레드의 말을 들으니 맞는 말인 것 같았다. 그리고 알프레드의 말속에
는 그들을 경계하라는 뜻도 담겨 있었다.

"죄송합니다."

나는 정중하게 사과를 했다.

"아니… 그럴 필요 없어."

"아닙니다."

내가 태도를 바꾸자 그들이 당황하기 시작했다.

"윌리암, 친구들이야?"

맥슨이 롱 소드를 손에 쥔 채 카리카와 다가오며 물었다.

"감히 친구라니, 혼날 소리!"

"그럼 뭐야?"

"친구를 속여서 헌신짝처럼 버리는 드래곤 족의 수호신들이지."

내가 심하게 비꼬았다.

"그렇다면 혼을 내서라도 버릇을 고쳐 줘야지."

맥슨의 입꼬리가 위로 올라갔다. 그는 조금 전에 당한 수모를 갚으
려는 듯했다.

"하하하."

"윌리암이 우리 때문에 속이 많이 상했구나."

노노와 찰스가 슬쩍 자리를 피했다.

"두 분 중 누가 나한테 청혼할 거죠?"

분위기 파악 못하는 카리카가 빠지지 않았다.

"그건……."

찰스와 노노가 서로 쳐다보았다.

"이 사람이 할 겁니다."

"그, 그래요."

노노가 머리를 긁적였다.

"용건이나 말씀하시죠?"

알프레드는 굳은 얼굴로 드라코리치의 수행 기사들을 대하였다.

"모두 화 풀어."

노노가 몸짓을 크게 하며 우리를 진정시켰다.

"우리는 싸울 마음도 없고, 자네들이 원하는 전에 있었던 일에 대해서는 정식으로 사과를 하지. 이것은 드라코리치님의 뜻이기도 해."

"그리고 그냥 친구로 지내면서 말도 놓고 어려운 일은 함께 풀고 하는 게……."

"잠시만."

알프레드가 손을 들어 노노의 말을 막았다.

"말씀 중 미안한데 어려운 일을 함께 풀자니 무슨 뜻이죠?"

"그게 지금부터 말하려는 요점이야."

"뭔데?"

나는 불안했다.

"노노가 여러분하고 같이 다닐 겁니다."

"엥?"

우리는 모두 입을 벌린 채 아무 말도 하지 못하고 있었다.

"사양하겠습니다."

알프레드가 정중히 거절했다.

"허어! 정말 웃기는군."

어이없어 쓴웃음이 저절로 나왔다.

"너희들의 심정은 우리도 알아. 그래서 사과한다고 했잖아."

노노의 표정은 진심처럼 보였다. 하지만 워낙 사악한 무리인 드래곤이라 덥석 믿을 수는 없었다.

"우리는 여기서 혹시나 너희가 나올까 하고 기다리고 있었어."

이번에는 찰스가 나선다.

"신전에서 나만 죽으라고 남겨놓고 꽁무니도 안 보이게 도망가더니?"

내가 입술을 씰룩거렸다.

"그거야 우리 힘으로 어쩔 수 없는 일이었잖아. 드라코리치님이 미리 윌리암한테 신의 경고를 들려주지 않은 것은 잘못된 일이었지만, 너나 알프레드도 혹시나 하는 마음으로 신전으로 들어선 거잖아."

"틀린 말은 아니군요."

나는 인정하지 않을 수 없었다.

"하지만 우리를 따라오는 것은 안 됩니다."

알프레드가 틈을 주지 않으려고 냉정하게 잘랐다.

"우리는 윌리암이 죽었으리라고는 생각하지 않았어. 아무리 신이라도 너처럼 맑은 눈을 가지고 있는 아이를 죽이지는 않을 거라고 믿었지."

"꼭 그런 말 같지도 않은 이유 때문에 윌리암이 살아 있다고는 생각하지 않았겠죠."

알프레드가 찰스의 말꼬리를 걸고넘어졌다.

"우리 말을 믿지 않는군."

노노가 속상한 표정을 지었다.

"신전에서 어떠한 경고도 내리지 않았으니 쉽게 알았겠죠. 더군다나 만일 살아 나온다면 틀림없이 중요한 목적을 가지고 있다는 것도 눈치 챌 수 있는 일 아닙니까?"

"거기까지는 모르고……."

"그래서 우리를 따라다니며 신의 보물에 대한 비밀을 캐려는 의도 같은데요."

알프레드의 빠른 추리를 들으며 드래곤들은 초조한지 손바닥을 비볐다. 너무 똑똑한 거울 요정한테서 빠져나갈 길을 찾는 듯했다.

"내가 윌리암을 따라가려는 것은 스쿠르벤드의 아들들로부터 지켜주기 위해서야."

"그 일이라면 걱정하지 않아도 됩니다. 조금 전에 직접 당해서 알겠지만, 여기 두 사람만으로도 충분합니다. 우리는 하이드랜드를 떠날 테니까요."

"떠난단 말이지?"

노노와 찰스가 무엇인가 알아낸 표정으로 놀랐다.

"그러니 신경 쓰지 마십시오."

알프레드는 일목요연(一目瞭然)하게 말을 풀어놓았다. 언제 봐도 큰 스승의 머리는 당할 자가 없을 정도로 대단했다.

"정말 안 되겠어?"

드래곤들의 눈빛이 싸늘해졌다.

"전에 있었던 일은 모두 잊고 그냥 헤어지는 게 서로를 위해서 좋을 것 같습니다."

알프레드가 드래곤들의 표정이 변하는 것을 보았는지 얼굴에 미소를 담았다. 그러나 문제는 다른 곳에서 먼저 뛰쳐나왔다.

"안 돼요!"

"카리카!"

"저분은 우리하고 같이 가야 해요."

카리카는 노노를 가리켰다.

"미쳤어?"

"정말 철이 없는 거야?"

나하고 맥슨이 한마디씩 했다.

"아뇨. 나한테 처음으로 청혼한 남자인데 그냥 보낼 수는 없어요."

"저놈… 아니지, 저분은 드래곤이라니까. 아주 사악한… 아니지, 아주 무섭고 거친 드래곤!"

나는 입술을 쿡 깨물며 카리카에게 그만 하라는 신호로써 눈짓을 했다.

"이봐요, 노노."

말리는 나를 밀치며 카리카가 노노 앞으로 다가갔다.

"카리카님, 말씀하시죠."

노노는 카리카에게 정중했다.

"저한테 청혼하고 쫓아올 거면 제안할 게 있어요."

"그게 무엇이죠?"

"이쪽으로 오세요."

카리카는 설명 대신 노노의 손을 끌고 맥슨에게 갔다.

"무슨 짓이야?"

맥슨이 놀라며 칼을 잡았다.

"인사하세요."

"뭐?"

"예?"

노노와 맥슨이 동시에 카리카를 놀란 눈으로 쳐다보았다.

"저하고 같이 다니려면 이분을 주인님으로 모셔야 해요. 그렇지 않는다면 저를 모독한 이유를 물어 가만 두지 않겠어요."

"그래도……."

노노는 많은 생각을 하는 것 같았다.

"주인님 아빠, 이렇게 하면 같이 가도 되죠?"

카리카가 알프레드를 애원하듯 바라보았다.

"그건 맥슨이 알아서 해야겠는데. 자기 부하니까 말야."

반대만 하던 알프레드가 처음으로 허락의 뜻을 비추었다.

"후후후, 훌륭한 부하가 있어서 맥슨은 좋겠다."

나는 웃음을 지으며 맥슨을 부러운 눈으로 쳐다보았다. 카리카의 제안으로 재미있는 일이 벌어지고 있었다. 드라코리치의 수행 기사가 맥슨의 부하가 되면 드래곤 족들은 어떻게 맥슨을 대할까 답이 나오질 않았다.

"좋아, 내 부하가 된다고 맹세하면 같이 가기로 하지."

맥슨은 쾌히 승낙했다. 단순한 그는 특별히 무엇을 생각해서가 아니라 부하가 하나 더 생긴다는 사실이 흐뭇했을 것이다.

"야호! 신난다!"

카리카가 반색을 하며 박수를 쳤다. 그러나 노노는 대답을 하지 않았다.

"그렇게 하지."

찰스가 노노를 부추겼다.

"으음!"

그들은 둘만의 눈빛으로 무슨 말인가 주고받는 듯했다.

"알겠습니다. 맥슨님을 주인님으로 모시죠."

"좋았어."

맥슨이 만족한 미소를 지었다. 순간 카리카는 노노를 끌어당겼다.

"어서 이리로 와."

"후후후, 재미있겠군."

나는 벌써부터 맥슨에게 당할 노노가 걱정되었다. 거기다가 카리카도 만만치 않을 텐데 웃음부터 나왔다.

"같이 다니려면 힘은 들겠지만 심심하지는 않겠다."

줄곧 강하게 반대하던 알프레드가 이번에는 말리지 않았다. 항상 혼자 생각하는 타입이라 말은 하지 않았지만 그의 머리에 그려져 있을 계산이 벌써부터 궁금해졌다. 태어나면서부터 바라본 얼굴인데 이럴 때면 꼭 다른 세상의 사람 같았다.

(6)

 

 

 

뒤죽박죽이지만 드라코리치의 동굴을 빠져나오면서 어느 정도 정리가 되었다. 노노가 우리 일행을 따라나서면서 맥슨의 부하를 자청했기 때문에 전부 친구처럼 지내게 되었다. 서로가 말도 가볍게 했고, 노노를 살피는 알프레드의 싸늘한 눈빛을 제외하면 우리는 어느 정도 유대감도 가질 수 있었다. 특히 카리카는 맥슨을 제외하고는 버릇대로 모든 사람에게 말을 내리고 있었다.

"으음!"

맥슨이 숨을 깊이 들이마셨다.

"좋으냐?"

영혼인 알프레드는 바깥 공기를 느끼지 못했다.

"예!"

가을이 짙게 물들고 있는 바깥 공기는 매우 차가웠지만 다시 살아난 맥슨은 감격스러운지 눈까지 감고 가을바람을 음미했다.

"빨리 가자!"

나는 바깥 세상을 즐기고 있는 일행들을 재촉했다.

"노노가 아직은 괜찮다고 하잖아."

"며칠 전에도 인사하러 왔었다며?"

알프레드와 맥슨이 나를 달랬다.

"그래도……."

우리가 드라코리치의 동굴에서 빠져나와 하이드랜드의 공기를 폐부 깊숙이 밀어 넣으며 제일 먼저 찾아온 곳은 드래곤 족의 궁궐이다. 내가 이곳에서 제일 믿을 수 있는 사람은 할아버지였다. 죽음을 앞둔 손자를 못내 아쉬워하며 신전을 빠져나가던 뒷모습을 잊을 수가 없다. 나의 근심은 궁궐을 들어서서 할아버지가 계신 메인 홀(Main Hall)에 도착할 때까지도 사그라들지 않았다. 그러나 문밖으로 들리는 목소리를 듣고서야 안도의 한숨을 쉬었다.

"왔단 말이냐?"

"그, 그렇습니다."

문밖에서 들으니 홀 안이 시끄러웠다. 그 속에서 울려 퍼지는 할아버지의 우렁찬 목소리가 얼마나 반가운지 내 귀를 솔깃하게 했다.

"할아버지가 벌써 알고 계신가 보다."

"그렇겠지."

알프레드의 대답을 들으며 가슴이 두근거렸다.

"좋으냐?"

알프레드가 나를 미소로 바라보았다.

"엉."

"윌리암이 좋다니까 나도 좋으네."

맥슨이 방긋 웃었다.

"저도 주인님이 좋다니까 너무 좋아요."

카리카가 눈을 반짝였다.

"하하하."

"하하하."

웃지 않고는 그냥 넘어갈 수 없는 대목이었다. 모두가 즐거운 표정으로 궁궐을 들어섰지만 노노만은 죽을상을 짓고 있었다. 드래곤 족에게는 감히 쳐다보지 못할 위치에 있었지만 우리 중에는 제일 말단이었다. 주인님 맥슨, 그의 아버지 알프레드, 그리고 친구인 나, 거기다가 청혼인지 뭔지 미끼에 걸려 꼼짝 못하고 쫓아다니는 카리카.

이 중에 노노가 넘볼 자리는 없었다. 그런데 할아버지를 만나러 가니 그 마음이 오죽할지는 안 봐도 짐작이 가고도 남았다. 그렇게 쫓아오지 말라니까 무슨 계략이 있는지 그 잘난 드래곤의 자존심까지 꺾고 따라온 것이다.

"어서 오십시오!"

할아버지가 업무를 보는 궁궐의 메인 홀을 지키던 병사들이 손을 가슴까지 올리며 우리들에게 인사를 했다.

"윌리암!"

문을 열고 들어가자 빨간 양탄자가 길게 깔려 있는 저 끝으로 하얀 수염의 할아버지가 보였다.

"할아버지!"

나는 너무 기뻐서 손을 흔들었다.

"이쪽으로 오시죠."

우리를 마중 나온 신하가 옆으로 비켜섰다.

"사람들이 꽤 많네."

맥슨은 홀로 들어서며 화려한 옷들을 입고 고개를 숙이는 신하들을 바라보았다.

"우리 할아버지가 드래곤 족의 왕이잖아."

내가 으쓱했다.

"그래도 내가 제일 높지."

맥슨이 노노를 힐끔 바라보았다.

"으음!"

"노노, 무슨 안 좋은 일 있어?"

"아… 니… 요……."

시무룩한 표정의 노노가 후드 속으로 고개를 깊게 숙이고 있었다. 그는 드래곤 족의 신하들이 인사를 할 때마다 얼굴을 숨기고 땀을 흘렸다. 사실 드래곤 족의 신하들 중에 그의 얼굴을 아는 사람은 할아버지나 삼촌들 정도였다. 그런데도 쩔쩔매는 것을 보면 맥슨을 주인으로 모시는 그로서는 지금 이 순간이 죽을 맛인 것 같았다.

우리가 할아버지에게 점점 다가가자 등받이에 형형색색의 보석이 박혀 있는 매우 높은 의자에 앉아 있던 할아버지가 벌떡 일어났다.

"윌리암!"

"할아버지!"

나도 모르게 목소리가 울먹거려졌다.

"어머, 윌리암이 우네?"

"이럴 때 보면 정말 어린애라니까."

맥슨과 카리카가 옆에서 뭐라 했지만 눈물이 글썽거리는 할아버지만 선명히 보일 뿐이었다. 이름을 부를 수 있는 가족이 있다는 것 자체가 이렇게 가슴을 벅차게 할 줄은 몰랐다. 저승 세계에서 아버지의 영혼을 봤을 때 하고는 또 다른 감정이었다.

"할아버지!"

내가 막 달려가려고 할 때였다.

"멈춰라!"

"여기가 어디라고 함부로 날뛰느냐?!"

큰삼촌 처크티만과 둘째 삼촌 타갈로였다. 나는 더 이상 달려가지 못하고 다리에 힘을 풀었다. 삼촌들 틈으로 안타까운 표정의 할아버지가 발만 동동 굴리고 있었다.

"저 사람들은 뭐야?"

맥슨의 인상이 찌그러졌다.

"내가 말한 삼촌들이야."

"사비나님의 오빠들이란 말이지?"

"그렇지."

그 자리에 잠시 멈추었던 맥슨이 지그시 삼촌들을 바라보았다.

"조금 이상하구나."

사람들의 눈을 의식해 '헤데지바의 거울' 속에 들어가 있던 알프레드의 영혼이 속삭였다.

"나도 그렇게 느끼고 있어."

"스쿠르벤드 대왕의 성격이면 지금쯤 난리가 났을 텐데 가만히 계시는구나."

"우로트고 삼촌도 안 보이잖아."

"파이로텐 벌판에서 돌아왔어?"

"전에 나한테 찾아왔을 때 이젠 자주 볼 수 있을 거라고 했거든."

"그렇구나."

나는 알프레드와 얘기를 하며 맥슨의 소매를 잡아당겼다.

"분위기가 이상하다."

"알았어. 준비하고 있을게."

우리는 서로에게 눈짓을 주며 서서히 앞으로 걸어나갔다. 하지만 몇 걸음 못 옮기고 다시 멈추어야 했다.

"샤론 족의 꼬마는 더 이상 움직이지 마라!"

"처크티만 경(卿), 왜 그러시죠?"

나는 삼촌들의 지시에 따라 그들을 존칭으로 부르고 있었다.

"물어볼 말이 있다."

날렵한 몸매에 찢어진 눈매 끝이 많이 올라간 긴 얼굴의 큰삼촌이 신경질적으로 고개를 쳐들었다.

"무엇이든 물어보는 것은 상관없지만 우선 할아버지께 인사부터 드리면 안 될까요?"

"그새 많이 건방져졌구나."

타갈로 삼촌은 가슴이 딱 벌어지고 포악한 성격에 맞는 텁수룩한 수염을 하고 있었다. 검은 털이 얼굴을 얼마나 많이 감쌌으면 가뜩이나 짧은 목이 보이지를 않았다.

"인간이 지킬 도리를 먼저 행하는 게 옳다고 보는데요."

그때까지도 할아버지는 아무 말 없이 불안한 눈빛을 하고 있었다.

"이놈이 그래도 입을 놀려!"

삼촌들은 나의 변화에 놀라고 있었다. 하이드랜드에 머물면서 삼 개월 동안 방구석에만 처박혀 있던 조카가 지금은 드래곤 족의 신하들이 전부 모인 자리에서도 큰 소리를 치고 있으니 말은 꺼내지 않아도 무척 놀라는 듯했다.

"두 분께서 저를 막는 이유를 모르겠군요."

나는 삼촌들을 노려보았다.

"이유는 간단하다. 반역자를 심문하려는 것이다."

둘째 삼촌이 허리에 양손을 올렸다. 순간 메인 홀 구석에 줄지어 서 있던 병사들이 뿔 달린 투구를 흔들며 우리 일행을 감쌌다.

"이놈들! 무슨 짓이냐?!"

가만히 앉아 있던 할아버지가 벌떡 일어서며 두 아들을 노려보았다.

"아버님, 반역의 무리는 뿌리 뽑아야 합니다."

큰삼촌이 음흉한 미소를 지었다.

"윌리암은 놔두기로 했잖아."

"그냥 두었다가는 더 큰 것을 잃을 수도 있습니다."

"이놈들……."

할아버지가 이를 갈며 주저앉았다.

"흥! 환영 인사치고는 성대하군."

"주인님."

카리카가 툴툴대는 맥슨을 반짝이는 눈으로 쳐다보았다.

"왜?"

"바깥 세상에서는 환영식을 이렇게 하나 보죠?"

잠시 고개를 조아리던 맥슨이 손을 들어 카리카의 어깨를 짚었다.

"도대체 아는 것이 뭐냐?"

"노노가 제일 멋진 남자라는 거요."

손가락을 쭉 뻗은 카리카가 밝은 표정으로 노노를 가리켰다.

"더 이상 할 말이 없다."

맥슨이 고개를 흔들며 등을 돌렸다. 그러나 카리카 덕분에 사람들의 시선을 집중적으로 받게 된 노노는 후드 속으로 머리를 최대한 움츠렸다.

"그 다음은 어떻게 하는 거예요?"

"뭐가?"

"환영식이요."

멍한 눈빛으로 카리카와 앞을 막고 서 있는 병사들을 몇 번이고 번갈아 보던 맥슨이 어린 사제에게 성전을 가르치는 제사장 같은 목소리로 말했다.

"지금부터는 그들의 호의를 생각해서 이 병사들과 신나게 싸움을 하는 거란다."

"와우!"

"많이 다치고 깨질수록 상대의 호의에 더욱 보답하는 거지."

"정말 신나겠다!"

카리카는 다정스런 눈빛으로 병사들을 훑어보았다. 하지만 그녀의 시선이 매만지며 지나가는 병사들의 표정은 벌레 보듯 그리 밝지 않았다.

"이 멋진 아저씨는 내가 제일 먼저 깨뜨려 줄게."

"……?"

"어깨 하나 박살 내면 너를 무지 좋아할 거야."

맥슨이 한술 더 떴다.

"어깨뿐인가요? 호의에 보답하기 위해서는 다리도 모두 뽑아내야죠."

"역시 내 부하는 제대로 즐길 줄 안다니까."

주인의 칭찬을 들은 카라카가 천방지축으로 돌아다니면서 병사들에게 윙크까지 하며 생글거리는 동안 나는 삼촌들의 속셈을 그려보고 있었다. 분명 둘째 삼촌은 반역자라고 했다. 말도 안 되는 소리를 거침없이 내뱉는 것을 봐서는 틀림없이 무슨 일이 있는 것이다. 나를 반역자로 몰고 있는 이유는 알 수 없지만 잘못하면 큰 낭패를 볼지도 모르는 일이었다.

"반역이라니 말도 안 되는 소리입니다."

"증거가 있다!"

타갈로 삼촌이 자신만만하게 나를 쳐다보았다.

"윌리암, 반역의 증거라니 무슨 말이야?"

"나도 몰라."

"몰라?"

상황을 모르는 맥슨이 반문을 하며 눈을 크게 떴다. 그렇다고 내가 지금 벌어지고 있는 일에 대해서 맥슨보다 더 많이 알고 있지는 않았다. 다만 알 수 있는 것은 삼촌들이 어떤 이유로 얽어매던 나를 죽이려고 하는 것 같았다.

"윌리암, 듣거라!"

"기다리고 있습니다."

"이놈……!"

내가 전혀 주눅 들지 않고 꼬박꼬박 말대꾸를 하자 삼촌들의 얼굴이 점점 굳어갔다.

"제가 반란을 꾸민 증거를 확실하게 밝혀보시죠."

한술 더 뜨는 나로 인해 삼촌들은 분명히 당황하고 있었다.

"믿는 구석이 있나 보군."

"드라코리치님을 믿고 있죠."

나는 의기양양하게 노노를 바라보았다. 순간 드래곤 족의 신하들이 웅성거렸다.

"그래서 저렇게 당당한 건가?"

"하기야 드래곤의 숲에서 살아난 것을 보면……."

"아무나 살아 나오긴 힘들지."

"그럼!"

웅성거리는 소리는 점점 커져 갔다.

"할아버지, 제 말이 맞죠?"

"그럼……."

입술만 깨물고 있던 할아버지의 얼굴이 빨갛게 상기되었다.

"닥쳐라!"

타갈로 삼촌이 사태를 수습하려 했다.

"감히 반역을 꾀하던 놈이 우리의 수호신인 드라코리치님의 이름을 들먹이다니, 더 이상 용서할 수가 없다."

"용서고 뭐고 저는 잘못한 게 없습니다."

"당장 저놈을 처형하라!"

타갈로 삼촌의 명령이 떨어지자 병사들이 창을 곧추들었다. 길게 늘어진 창밖으로 언뜻 보니 궁궐 주변을 많은 병사들이 감싸고 있었다.

"저분 성질 정말 더럽네."

가만히 지켜보던 맥슨이 바닥에 침을 뱉었다.

"네놈은 샤론 족이구나!"

맥슨의 노랑머리를 알아본 처크티만 삼촌이 이상한 눈으로 쳐다보았다. 다시 살아난 맥슨에게는 이마에 검은 닻이 없었다.

"그렇다. 내가 샤론의 용사 맥슨이다."

"건방진 놈!"

"웬만하면 윌리암의 삼촌들이라 정중하게 대하려고 했더니, 조카를 죽이지 못해 안달하는 꼴이 정말 마음에 들지 않는 분들이네."

"감히 샤론의 개 따위가 드래곤 족의 궁궐에서 횡포를 부리다니!"

타갈로 삼촌이 격분했다.

"가만!"

처크티만 삼촌이 맥슨을 유심히 바라보았다.

"네 이름이 뭐라고 했냐?"

"저분 마음만 어두운지 알았더니 귀까지 어둡구만. 하기야 그러니 저렇게 오크만도 못한 짓만 하고 살지. 세상의 진실을 들을 수 없으니 별수있나?"

"주둥이 그만 놀리고 묻는 말에나 대답해!"

"샤론의 용사 맥슨이라고 했잖아!"

맥슨도 지지 않고 소리를 버럭 질렀다.

"맥슨이라… 어디서 들어본 이름인데……."

큰삼촌이 머리를 갸우뚱거렸다.

"저 사람은?!"

그때 신하 중에 한 명이 벌벌 떨며 처크티만의 귓가로 가서 뭔가를 소곤거렸다. 얼굴이 창백하게 바뀐 신하는 제정신이 아닌 듯했다.

"정말이냐?!"

삼촌이 너무 놀라 신하를 떠밀었다.

"윌리암, 이제 보니 몬스터까지 데리고 나타났구나."

"누구보고 몬스터라는 거야?"

맥슨은 주위를 둘러보았다.

"저 샤론의 개는 죽었던 놈이다. 우리가 선심을 베풀어서 땅에 묻어주기까지 했는데 몬스터가 되어 나타나다니……!"

다시 신하들이 맥슨을 쳐다보며 웅성거렸다.

"지금 나더러 하는 소리야?"

"그런가 봐."

이 부분에 대해서는 나도 뭐라고 설명할 수가 없었다.

"저놈들을 모두 처형하라!"

창을 세우고 곧바로 달려들듯 포위망을 좁혀오던 병사들이 길게 늘어선 공격 대형으로 바꿔 섰다. 아마 맥슨이 몬스터라는 말에 신중을 기하는 모습이었다. 그러자 카리카도 병사들을 따라서 천천히 움직였다.

"주인님, 이제 환영식이 시작되나 보죠?"

"그래, 아주 재미있게 놀아줘야겠다."

철부지 카리카를 다독이며 맥슨이 병사들의 대형을 유심히 살펴보았다.

"흥! 죽기 전에 이유나 알려주시죠?"

나는 끝까지 물고늘어졌다.

"신들의 보물을 차지하기 위해 대왕이신 할아버지의 환심을 사서 드래곤의 숲에 들어간 것도 모자라 몬스터까지 데리고 나오다니, 너의 불순한 뜻이 이제야 전부 밝혀졌다!"

"스쿠르벤드 대왕의 환심을 사다니 이해할 수 없는 말이군요."

"저건 또 뭐야?"

거울 속에서 듣고만 있던 알프레드의 영혼이 뿌연 색의 형체를 드러냈다.

"나는 알프레드라고 하죠."

"이번에는 고스트?"

신하들이 정신을 못 차리고 있었다. 이 부분 역시 다시 살아난 맥슨만큼이나 설명하기 어려운 것이었다.

"더 이상 따질 것도 없다. 놈들을 끌고 나가라!"

처크티만 삼촌이 병사들에게 지시했다.

"와아!"

위기일발(危機一髮)이었다. 아무리 우리 일행들이 뛰어난 실력을 가지고 있다고 해도 드래곤 족의 전체 병사들과 싸워서 이길 수는 없는 것이었다. 그때 알프레드가 할아버지를 큰 소리로 불렀다.

"스쿠르벤드 대왕님!"

모든 시선이 큰 스승에게 쏟아지며 잠시 주춤했다. 그러나 알프레드는 주의의 시선에는 아랑곳하지 않고 할아버지에게 날아갔다. 병사들이 앞을 막았지만 소용없는 짓이었다. 사람들을 무사히 통과한 영혼은 할아버지에게 바짝 붙었다.

"어서 비키지 못할까?!"

타갈로 삼촌이 알프레드의 영혼을 어쩌지 못하고 소리만 질렀다. 그러나 알프레드는 할아버지와 무슨 얘기를 속닥거리고 있었다.

"후후후."

할아버지와 얘기를 주고받던 알프레드가 쓴웃음을 지으며 우리 쪽으로 다시 날아왔다.

"반란은 저 두 분이 저질러 놓고 어린 조카에게 뒤집어씌우다니 너무하는군요. 그것도 드래곤 족의 적(敵)인 헤라트하고 손을 잡고 말입니다."

"뭐라고?"

삼촌들이 할아버지를 돌아보았다. 그러나 할아버지는 눈을 지그시 감은 채 입술만 깨물었다. 알프레드에게 그동안 벌어졌던 일들을 설명한 후여서 그런지 마치 심판을 기다리는 죄수의 모습 같았다.

"사비나님과 우로트고님을 인질로 대왕이신 아버지를 협박하는 것으로도 모자랍니까?"

"닥쳐라! 고스트 따위가 감히……!"

삼촌들은 분명히 당황하고 있었다. 알프레드의 말이 사실이라면 나를 죽이려고 하는 것은 헤라트의 지시가 분명했다.

"히히히, 저분들 가슴이 팍팍 찔리나 보군."

롱 소드를 잡고 있던 맥슨이 낄낄거렸다.

"왜 빨리 시작 안 해요?"

두 눈을 반짝이는 카라카는 병사들이 베풀어줄 성대한 환영식만을 기다리고 있었다.

"만일 두 분의 말씀대로 윌리암이 신의 보물을 탐하려고 드래곤의 숲에 들어갔다면 살아온 것이 너무 신기하지 않나요?"

알프레드의 논리 정연한 설명이 시작됐다.

"그래서 저놈이 불쌍한 척 할아버지의 환심을 산 거다. 마음이 여리신 대왕께서는 놈의 부탁에 못 이겨 그곳까지 데리고 가신 거지. 드라코리치님을 달래기 위해서 말야. 그래야 신전에 아무 탈 없이 들어갈 수 있으니까."

신하들의 의심스런 눈초리를 의식한 삼촌들이 공격 명령을 잠시 미룬 채 자신들의 입장을 합리화했다. 이로써 언제 다시 붙을지는 모르지만 알프레드 덕분에 급한 불은 끈 셈이다.

"신전에 아무 탈 없이 들어갔다고요?"

"드라코리치님은 신전을 지키는 분이다. 당연히 그분의 허락만 있으면 들어갈 수 있지."

"하하하."

알프레드는 크게 웃었다. 삼촌들도 신전에 대해서는 자세히 모르는 듯했다.

"그 부분은 노노가 말해 줘야겠군."

"내가?"

느닷없이 자신을 부르자 그동안 얌전히 머리를 숙이고 있던 후드 속의 인물이 어찌할 바를 몰랐다.

"어서 말해!"

맥슨이 노노의 어깨를 세게 때렸다.

"아… 엉!"

발이 꼬이며 앞으로 휘청하던 노노가 몸을 뒤틀어 중심을 잡는 도중 후드가 벗겨졌다. 그 바람에 검은 머리가 튀어나오며 작은 눈에 주먹코가 드러났다.

"당신은?"

처크티만 삼촌이 너무 놀라 뒤로 넘어지며 할아버지의 의자를 겨우 잡았다. 그의 눈에는 불신의 빛이 가득했다.

"안녕."

가뜩이나 커다란 입을 더욱 크게 벌리며 쑥스러운 웃음을 짓는 노노가 무겁던 분위기를 아주 망쳐 놨다.

"모두 5년 만이지?"

머리를 긁적이는 노노의 표정은 가관이었다. 어쩔 줄 모르는 모습을 보며 우리를 따라나선 이유가 더 궁금해졌다.

"동생인 우로트고는 안 보이네?"

"노… 노님!"

타갈로 삼촌도 주먹을 불끈 쥐며 충격 속에서 겨우 버티고 있었다.

"누구라고?"

눈을 감고 있던 할아버지가 자리에서 벌떡 일어났다.

"노노님!"

할아버지가 얼른 뛰어나와 바닥에 무릎을 꿇었다.

"스쿠르벤드도 잘 지냈어?"

노노가 멋쩍은 듯 인사를 했다.

"덕분에 아직 견디고 있습니다."

"그만 일어나."

노노는 할아버지의 손을 잡아 일으키려 했다. 그러나 할아버지는 주변을 향해 눈을 부라리며 큰 소리로 명령했다.

"무엇들 하느냐!"

목소리에 힘이 실려 울려 퍼졌다. 나를 보고도 발만 동동 굴리던 나약한 모습은 이미 사라지고 없었다.

"이분은 드라코리치님의 수행 기사이신 후치우디스님이시다. 어서 인사들드려라."

너무 황당한 일을 한꺼번에 당한 신하들이 자포자기하듯 주르르 무너지며 전부 무릎을 꿇었다. 몬스터와 고스트에다 드래곤까지 나타나니 감당하기 힘들었을 것이다. 우리를 막고 있던 병사들도 슬금슬금 눈치를 보더니 창을 내려놓으며 무릎을 꿇었다. 그만큼 드라코리치의 이름은 드래곤 족에게는 대단한 것이었다.

"너희들은 어째서 가만히 있지? 드라코리치님에게 반항하겠다는 거냐?"

할라버지가 호통을 쳤다.

"수… 행 기사님께 인사드립니다."

아직도 정신을 못 챙긴 삼촌들이 할아버지의 편잔을 듣자 쭈뼛거리며 몸을 바닥으로 내렸다. 상황은 완전히 역전되었다.

"이거 쑥스럽네."

뒤통수를 긁적이는 노노를 할아버지가 반갑게 쳐다보고 있었다.

"직접 오시다니 너무 감사합니다."

"그게 오고 싶어서 온 거라고 하기보다는……."

노노는 우리 일행을 둘러보며 말끝을 흐렸다.

"무슨 말씀인지……."

아마 할아버지는 노노가 드래곤 족 내부의 문제를 해결하기 위해 드라코리치의 명(命)에 의하여 나하고 함께 온 것이라고 판단하고 있는 듯했다. 하지만 노노의 곤혹스러운 표정을 보며 잠시 헷갈려했다.

"그만 일어나지."

"아… 예……."

"할아버지!"

나는 할아버지가 일어서자 달려가서 껴안았다.

"윌리암!"

"걱정했어요."

신전부터 시작한 기나긴 여행 동안은 발등에 떨어진 불부터 끄기 바빠서 별로 신경을 쓰지 못했지만 이곳에 오는 동안은 할아버지에 대한 걱정으로 몸이 달았었다. 나를 죽이려고 했던 사내들은 분명히 할아버지도 없앤다고 말했었다.

"그렇게 너를 두고 온 이 할아비를 용서해라."

"이해해요."

나와 할아버지는 손을 꼭 잡았다. 뜨거운 정이 와락 밀려왔다.

"윌리암, 여기 일부터 처리하고 우리 얘기는 나중에 하자."

"알았어요."

할아버지는 뒤쪽에 무릎을 꿇고 있는 삼촌들을 보았다.

"병사들은 들어라!"

"예!"

"저놈들을 묶어라!"

병사들이 어리둥절한 표정으로 창을 들었다. 조금 전까지만 해도 자신들의 상관이 타갈로였던 그들은 사태가 바뀌어서인지 아직 판단을 제대로 내리지 못하고 있었다.

"아버님!"

삼촌들이 놀란 눈으로 쳐다보았다.

"반역자 놈들!"

"이러시면 모두 죽습니다!"

"시끄럽다!"

"아버님!"

"어서 저놈들을 묶으라니까!"

병사들은 진노(震怒)한 대왕의 목소리에 우르르 몰려가서 삼촌들을 묶었다.

"후회하실 겁니다!"

삼촌들은 병사들의 손에 잡혀서도 기를 꺾지 않았다.

"여기 노노님이 오신 이상 그런 일은 없다!"

할아버지는 노노를 절대적으로 믿고 있었다.

"노노님, 이쪽으로 오시죠."

"모두 일어나라고 하지."

"알겠습니다."

노노를 대왕의 의자까지 모시고 간 할아버지는 신하들을 모두 일으켜 세웠다.

"여기 앉으십시오."

"나는 괜찮은데."

할아버지는 사양하는 노노를 아랑곳하지 않고 병사들을 불렀다.

"죄인들을 끌고 와라!"

"예!"

할아버지의 성화에 못 이겨 노노가 대왕의 화려한 의자에 앉으려 했다.

"노노, 안 돼."

"카리카⋯⋯."

"주인님부터 앉아야지."

카리카가 얼른 맥슨을 끌고 왔다.

"어험!"

맥슨은 거드름을 피며 노노를 쳐다보았다. 드래곤 족의 위대한 우상은 얼굴을 찡그렸지만 아무런 말도 하지 못했다.

"으그그, 머리야."

알프레드가 잽싸게 날아가 그 앞을 막아섰다. 그리고는 엄하게 속삭였다.

"카리카, 내 말 잘 들어라."

"뭐?"

"여기서는 노노가 제일 높은 분이야. 절대로 함부로 해서는 안 된다."

"왜?"

"그러면 그런 줄 알아!"

알프레드가 언성을 높였다.

"놔두세요. 카리카의 말이 틀린 것도 아닌데……."

자기 부하한테 싫은 소리 하는 것이 못마땅한지 맥슨이 큰 스승의 훈계를 말렸다.

"뭐야?"

"주인인 나를 모시는 마음이 예쁘기만 한데 괜히 미워하고 그래."

"아무튼 네놈이 더 나빠."

"내가 왜 나빠요?"

"카리카는 모르고 그런다지만 알 만한 놈이 정신 못 차리고 하는 꼴이……."

"말 함부로 하면 카리카가 가만히 안 있을 텐데요."

"그래도 이놈이!"

주먹을 휘둘렀지만 알프레드의 영혼은 헛손질을 했다. 맞을 리가 없는 무모한 짓이었다.

"윌리암!"

"알았어, 알프레드!"

나는 기다렸다는 듯이 발을 들어 올렸다. 카리카하고 똑같이 철없이 구는 맥슨을 혼내줘야 했다. 드래곤 족의 땅에서는 노노의 체면을 세워줘야 한다. 그렇지 않고 마구 대한다면 드래곤 족들이 가만히 있지 않을 것이다. 드라코리치와 수행 기사들은 그들에게는 감히 범하지 못할 정신적 지주였다.

픽!

오랜만에 차보는 맥슨의 엉덩이였다.

"아구구!"

맥슨이 아픈 시늉을 했다.

"윌리암, 그냥 두지 않는다!"

충실한 맥슨의 부하가 손을 들었다.

"내가 미쳐!"

더 이상 할 말이 없는 요정이다.

"맥슨, 좀 말려라."

"카리카!"

"아주 혼내줄게요."

"싸움 잘하는 우리가 참자."

"캬!"

카리카가 감탄사를 뱉었다.

"왜?"

"주인님은 마음이 너무 착해요."

"으그그."

정말 못 봐주는 한 쌍의 주인과 종이었다.

"이, 이제 그만 하자!"

알프레드가 더듬거리며 손으로 주변을 가리켰다. 우리끼리 티격태격하는 모습을 바라보는 할아버지 이하 모든 드래곤 족의 사람들이 넋을 놓고 있었다. 우리 속의 동물들처럼 구경거리가 돼버린 난 갑자기 얼굴이 뜨거워졌다. 잠시 어색한 침묵이 흐르고 서로를 쳐다보던 우리는 머리를 긁적이며 억지로 웃기 시작했다.

"히히히."

"호호호."

"하하하."

우리는 쑥스러움을 날려 보내려는 듯 웃음을 마구 남발하였다.

"저리로 가자."

알프레드가 사람들의 시선을 의식하며 우리를 한쪽으로 몰고 갔다.

"카리카는 너무 예뻐."

"밖에 날씨가 좋던데……."

"환영식은?"

우리는 엉뚱한 소리를 지껄이며 알프레드가 미는 대로 슬그머니 걸어갔다. 그리고는 할아버지의 의자 주변에 대충 자리를 잡고 언제 그랬냐는 듯이 심각하고 근엄한 표정으로 나란히 섰다. 이런 우리를 지켜보는 신하들의 얼굴에는 빨리 이 자리를 벗어나고 싶어하는 표정이 역력했다. 하지만 그것도 뜻대로 되지는 않는 일이었다.

(7)

삼촌들에 대한 문책이 끝나고 메인 홀 옆에 있는 작은 방에서는 우리 일행들이 모여 있었다. 삼촌들은 노노의 컨페스(Confess) 마법에 걸려 뭐든지 다 술술 불고 있었다. 그들은 헤라트와 손을 잡고 세상을 지배하려 했다. 좁은 섬인 하이드랜드에서 나와 대륙을 호령하고 싶었던 것이다.

계획은 웅대하고 기상(氣像)도 엿보였지만 방법이 틀렸다. 자신들의 가족까지 해치며 개인의 욕심만 채우려던 야욕(野慾)에 불과했다. 아무 탈 없이 쉽게 풀렸을 계획인데 드라코리치의 수행 기사인 노노가 나타나는 바람에 반항 한번 못하고 그 자리에서 잡혔으니 삼촌들에게는 무척이나 허탈한 일이었다.

"윌리암을 그렇게 두고 온 것이 마음에 걸리기도 하고 너무 화가 났죠. 드래곤 숲까지 데리고 간 원인 제공자들을 용서할 수가 없었습니다."

할아버지가 나를 응시했다. 아직도 미안한 마음을 읽을 수 있었다.

"그렇다고 확실한 증거도 없이 일을 너무 크게 벌였던 거야. 그러니까 이런 낭패도 보는 거지. 우리가 오지 않았으면 어쩔 뻔했어?"

노노는 의자의 팔걸이에 손을 올리고 턱을 고였다.

"성급했던 건 인정하지만 이 땅에서 내 허락도 없이 군사를 움직이고 윌리암을 죽일 수 있는 무리는 저놈들밖에는 없습니다."

둘째 삼촌인 타갈로가 드래곤 족의 군대를 움직이는 총대장이었다.

"그래도 바로 셋째 아들을 다음 왕으로 지목한 것은 너무 서둘렀어."

노노가 머리를 흔들었다.

"그때 놈들이 본색을 드러내는데……."

당시의 상황이 설명하면서 할아버지의 얼굴이 시뻘겋게 변하면서 경련이 일어났다. 얼마나 분했으면 말까지 더듬거렸다.

"자네를 살려놓은 것은 드래곤 족을 완전히 장악하기 전까지 꼭두각시로 이용하려고 했던 거로군. 드라코리치님도 속이고 말야."

"저한테 말을 듣지 않으면 셋째 아들하고 헤라트에게 잡혀 있는 사비나를 죽일 거라고 협박까지 했으니 도저히 용서할 수가 없습니다."

할아버지가 이빨을 으드득 소리가 나게 갈았다.

"윌리암은 헤라트가 죽이라고 해서 손을 썼던 거지?"

"그렇습니다."

노노와 할아버지는 이번 일을 거의 정리해 갔다. 그러면서 앞으로의 일에 대해 의논을 나누고 있었다. 알프레드가 종종 나를 힐끔거리며 심각한 표정으로 둘 사이에 끼어들었다. 아마 엄마가 걸린 문제라 그럴 것이다.

"너무 늦지 않아 다행입니다."

알프레드는 할아버지를 위로했다.

"할아버지, 이제 안심하세요."

내가 할아버지의 손을 잡았다.

"그래, 네 덕분에 다시 살아났구나."

할아버지가 두툼한 손으로 내 머리를 쓰다듬었다. 정겨운 분위기가 쉽게 깨지는 것은 오로지 한 사람 때문이었다.

"윌리암이 아니고 우리 노노 덕이지."

"카리카!"

알프레드가 아랫입술을 깨물며 인상을 썼다.

"아니, 노노님."

카리카가 알프레드의 시선을 피하며 했던 말을 정정했다.

"그렇지 않아도 궁금했었는데 경황이 없어서 물어보지도 못했네요. 도대체 저 어린 레이디는 누구죠?"

할아버지는 노노 곁에 착 달라붙어 있는 카리카를 유심히 바라보았다. 내가 맥슨을 설명하면서 우연히 알게 된 여자라고만 인사를 시켰었다. 그런데 카리카가 심할 정도로 노노와 바짝 붙어 친한 척을 다하고 있으니 할아버지도 이상하게 생각했을 것이다.

"할아버지, 우리는 전부 친구예요."

"아냐. 노노님하고 보통 사이가 아닌 것 같다."

내가 아니라고 해도 할아버지는 의심을 놓지 않았다.

"하하하, 신경 안 쓰셔도 됩니다."

알프레드는 웃음으로 대충 넘기려고 했다.

"스쿠르벤드."

"예."

"나중에 내가 얘기해 줄 테니 그만 하지."

당사자인 노노는 권위로써 얼버무리며 난처한 표정으로 모른 척 딴 곳만 바라보았다. 그때 알프레드 때문에 입을 꾹 닫고 있던 맥슨이 기회를 놓치지 않고 기쁜 표정으로 자리를 박차고 나섰다.

"내 부하인 카라카는 노노의……."

"시끄러!"

알프레드가 구길 수 있을 만큼 최대한 얼굴에 주름 숫자를 늘렸다.

"치! 맨날 나만 뭐래."

입술을 쭈뼛거리며 맥슨이 자리에 도로 앉았다.

"또 우리 주인님에게……."

"너도 입 다물어!"

"헉!"

카라카도 알프레드의 주름에 밀리어 조용히 물러났다.

"하던 얘기나 마저 하시죠."

다시 얼굴에 미소를 짓고 알프레드가 노노와 할아버지를 번갈아 보았다.

"그러지."

노노는 안도의 한숨을 내쉬며 멀찌감치 손짓을 했다. 문 앞에 서 있던 두 명의 사내가 멍한 표정으로 우리가 모여 있는 곳으로 걸어왔다. 삼촌인 처크티만과 타갈로였다.

"호호호, 말을 아주 잘 듣네요."

"하하하, 진작에 그랬으면 더 좋았잖아."

카라카와 맥슨이 노노의 손짓에 맞추어 오락가락하는 삼촌들을 보며 즐거워했다. 현재는 노노가 '참'이라는 마법으로 정신을 빼앗은 상태였다. 시전자가 상대방을 자신의 편으로 만드는 마법은 당분간 헤라트를 속이는 데 쓰일 것이다.

"하지만 이런 마법으로는 최강의 마법사인 헤라트를 오래 속이지 못할 걸세."

"시간을 다투어서 사비나를 구해야죠."

할아버지가 안쓰러운 눈으로 나를 바라보았다.

"그것은 우리가 맡겠습니다."

알프레드가 의욕을 보였다.

"쉽지는 않을 거야."

"사비나님은 우리 샤론 족의 어머니이기도 합니다."

"큰 스승님!"

맥슨이 벌떡 일어났다.

"우리 얘기는 나중에 하자."

알프레드가 맥슨의 생각을 알아채고 얼른 제지했다.

"끙!"

가만히 알프레드를 쳐다보던 맥슨은 자리에 앉으며 바위 쪼개지는 소리를 뱉었다. 그리고 그의 얼굴은 돌보다 더욱 딱딱하게 변해갔다.

"무슨 일이 있어도 우리가 구할 겁니다."

"정말인가?"

할아버지도 의외인지 다시 물어보았다.

"물론입니다. 그러니 대왕님은 헤라트가 눈치 못 채게 저들을 되도록 오랫동안 이용해야 합니다. 마치 저들이 움직이는 것처럼 군대도 밖으로 내보내고 헤라트가 시키는 것들도 어느 정도는 도와줘야 합니다."

"으음, 그래야겠지."

"물론 드리코리치님에게는 미리 말씀을 드려놔야죠."

알프레드는 하나하나 소상히 설명을 했다. 그는 엄마를 구하려 간다는 생각에 들떠 있는 듯했다. 예전부터 엄마를 무조건 믿던 그였다.

"하지만……."

할아버지는 아무래도 내가 걸리나 보다. 아버지를 죽인 사람이 다름 아닌 엄마인데 선뜻 나설지 알 수 없으니 말이다. 하지만 나는 이미 결심이 서 있었다.

"윌리암은 걱정하지 마십시오."

"할아버지……."

내가 할아버지를 조용히 불렀다.

"정말 엄마를 구하러 갈 거니?"

"당연하죠. 제가 아니면 누구도 엄마에게 손댈 수 없습니다."

"그래, 우선 엄마부터 구해와라. 다른 문제는 그 다음에 해결하자꾸나."

나는 알프레드에게 고개를 끄덕였다. 그러나 큰 스승은 근심 어린 표정으로 나를 바라보았다. 벌써 내 마음을 알고 있는 것이다.

"윌리암, 안 돼!"

맥슨이 다시 벌떡 일어났다.

"맥슨!"

"그 여자 때문에 네가 위험을 겪게 놔둘 수는 없어."

"나중에 얘기하자."

알프레드가 할아버지의 눈치를 보며 맥슨을 말렸다.

"그 여자는 이제 샤론 족의 적일 뿐이야!"

맥슨의 눈에서 불이 일어났다. 그러나 나는 차분하게 덩치 큰 친구를 달랬다.

"나도 다 알아."

"뭘 아는데?"

"엄마가 아버지를 죽인 거."

"안다고?"

맥슨이 주춤했다.

"그래, 윌리암도 알고 있다. 그러니 우리 그 문제는 나중에 얘기하자."

알프레드가 재차 맥슨을 말렸다.

"그런데도 구하러 간다고?"

맥슨은 물러서지 않았다.

"나도 그 여자를 엄마라고 부르고 싶지 않아. 다만 할아버지의 마음을 아프게 하지 않기 위해서 엄마라고 하는 거야."

나는 그동안 마음에 있던 말을 뱉어냈다.

"윌리암!"

알프레드는 걱정했던 내 모습이 너무 일찍 나타나자 할아버지의 눈치부터 살폈다.

"내가 그 여자를 구하려는 것은 이 세상에서 그 죄를 심판할 수 있는 사람은 나뿐이라고 생각하기 때문이야."

"네가 심판을 한다고?"

맥슨이 무척 놀랐다. 이유는 둘째 치고 아들이 엄마를 심판한다는 것은 신의 윤리를 저버리는 일이었다.

"꼭 이유를 알고 싶어. 왜 아버지를 죽였는지 말야."

"그래서?"

"그 죄를 꼭 가릴 거야!"

"으음!"

나의 의지가 너무 강해서인지 버럭 화를 냈던 맥슨도 더 이상은 입을 열지 않았다. 잠시 무거운 침묵이 방 안을 가득 메웠다. 할아버지는 고개를 푹 숙인 채 낮은 신음만 뱉고 있었다. 지금 이 순간 제일 괴로운 것은 할아버지일 것이다.

"아직 밝혀진 것은 아무것도 없다. 나는 아직도 사비나님을 믿고 있다."

알프레드는 주변을 둘러보았다.

"어째서 그렇지?"

샤론 족의 내부 문제를 가만히 지켜보던 노노가 입을 열었다.

"바로 윌리암 때문이지."

알프레드는 나를 가리켰다.

"윌리암 때문이라고요?!"

맥슨이 벌써 몇 번째인지 모르지만 의자를 박차고 일어났다.

"그래."

"말도 안 되는 소리 하지 마세요!"

맥슨이 벌컥 화를 냈다.

"맥슨, 침착해라."

알프레드가 달랬지만 소용없었다. 엄마 얘기만 나오면 나보다 더 길길이 날뛰는 맥슨이었다. 누구보다도 아버지와 엄마를 따르던 그였기에 배신감은 더욱 클 것이다.

"지금 우리가 이렇게 된 것도 모두 그 여자 때문이에요. 윌리암이 수도 없이 죽을 고비를 넘기며 쫓기고 있는 것도 그 여자 때문이고, 샤론 족이 이마에 '저주의 닻'을 새긴 채 사냥감으로 전락해서 세상 속으로 숨어버리게 한 것도 모두 그 여자 때문이라고요."

나는 맥슨의 말을 들으며 입술을 깨물었다.

"맥슨, 아무리 화가 나도 말을 가려서 해라."

알프레드가 할아버지를 보며 주의를 주었다. 큰 스승의 시선을 눈치 챈 맥슨은 털썩 자리에 앉으며 고개를 다른 쪽으로 돌렸다.

"후우! 답답해!"

"스쿠르벤드님께 사과해라."

알프레드가 맥슨이 고개를 돌린 쪽으로 날아갔다.

"후우!"

맥슨은 한숨만 내쉬며 발끝을 내려다보았다.

"어서!"

엄한 목소리였다. 다른 때 같았으면 기를 쓰고 나설 카리카도 그 위엄에 눌리어 눈치만 살폈다.

"죄송합니다. 너무 화가 나서 그랬습니다. 하지만 내 마음은 변하지 않을 겁니다."

맥슨이 구부정한 모습으로 할아버지의 눈길을 피해서 사과를 했다.

"이해하네."

할아버지는 맥슨의 마음을 헤아려 주었다.

"내가 봐도 알프레드의 말은 납득하기엔 좀 무리가 있어."

노노가 맥슨과 같은 생각을 나타냈다. 당연히 엄마 편인 노노마저도 객관적인 판단은 샤론 족을 배신한 여자였다. 아무것도 모르는 카리카와 엄마를 끝까지 믿고 있는 알프레드를 빼고 다른 사람들은 모두 엄마의 잘못을 따지고 있을 때, 할아버지는 솔깃하는 심정으로 알프레드를 쳐다보았다.

"알프레드, 그렇게 말하는 이유를 말해 보게."

"그건……."

큰 스승은 잠시 뜸을 들였다.

"윌리암이 아직 여기 이렇게 살아 있다는 겁니다."

"살아 있다고 해도 별로 좋은 상태는 아니잖아요."

맥슨이 마음을 많이 누그러뜨리며 반박했다.

"사비나님이 아니었으면 윌리암은 그때 헤라트의 손에서 죽었어. 물론 우리 샤론 족도 전부 흙으로도 못 돌아가고 공중분해됐겠지."

"우리 진지가 헤라트의 군대에게 급습을 당한 게 누구 탓이라고 봐요?"

"그게 사비나님 탓이라는 거냐?"

"그 여자 아니면 헤라트가 우리 있는 곳을 어떻게 알아요? 우리가 금년 여름에 푸트 산 아래에서 진지를 산크로티마 사막으로 옮긴다는 것은 아무도 모른다고요."

"맥슨! 억지 부리지 마라. 3년 전에 실종된 분이 그 사실을 어떻게 알아?"

"큰 스승님이야말로 거짓말하지 마세요."

맥슨이 다시 격해지고 있었다.

"거짓말이라고?"

"내가 비록 단순하고 무식하지만 그래도 샤론의 용사예요."

"……."

"부대가 돌아가는 일은 어느 정도 알고 있다고요."

맥슨은 알프레드를 노려보았다. 그것은 자신이 말하려는 의도를 알았으면 스스로 밝히라는 무언의 항의였다. 그러나 큰 스승은 짧게 대꾸했다.

"계속해 봐."

"끝까지 밝히지 않는다면 내가 말하죠."

"나는 숨기는 것이 없다."

"좋아요!"

맥슨이 결심한 듯 말을 이어 나갔다.

"우리는 처음부터 헤라트의 칼마르 제국으로 가는 공격 루트를 정하고 있었어요. 그 여자가 3년 전이 아니라 10년 전에 실종이 됐다고 해도 시간을 갖고 그 루트만 추적하면 우리가 머문 곳은 금방 찾을 수 있잖아요."

"으흠!"

알프레드가 커다란 신음을 뱉었다.

"정말이야?"

나는 모르는 사실이었다. 작은 충격이 천천히 확대되고 있었다. 우리 샤론 족이 한순간에 전멸하고 아버지의 죽음부터 사냥감의 저주까지 모든 것이 엄마의 계략이란 말인가? 도저히 서 있을 힘조차 없었다. 지금 내가 살아 있다는 것은 그렇게 중요하지가 않았다.

"그것은 맥슨 말이 맞다. 하지만……."

알프레드가 내 커다란 두 눈에 분노가 스며드는 것을 보았는지 다른 말로 얼버무리려고 했다. 나는 입술에 피가 맺히는 것도 느끼지 못하고 있었다.

"그렇다면 사비나가 헤라트하고 손을 잡았단 말인가?"

노노가 할아버지를 심각하게 바라보았다.

"흥! 헤라트의 곁에서 호강하고 있는 것을 우리는 다 봤습니다. 하지만 언제까지 그렇게 행복하게 살지는 두고 봐야겠죠."

맥슨은 엄마를 저주하고 있었다.

"비록 사비나가 헤라트에게 투항했다고는 하지만 그런 사악한 놈한테 붙어 산다는 것을 나는 믿을 수가 없다. 아무리 그래도 사비나는 드래곤 족의 여전사야. 스스로 죽음을 택할지라도 그렇게는 살지 않는다."

할아버지의 얼굴에 슬픈 기색이 역력했다. 누구보다도 사랑했던 딸이었기에 명예롭게 죽기를 바라는 아버지의 마음이 그대로 배어 있었다. 대륙의 여러 종족들에게 저주까지 받으며 살고 있을 그 딸이 너무 불쌍하게 느껴질 것이다.

"스쿠르벤드, 냉정해지게."

노노가 할아버지의 어깨를 툭툭 쳤다.

"전부 진정들하고 내 말을 들어봐요."

웅성거리던 분위기가 다시 알프레드에게 쏠렸다.

"어떠한 이유도 통하지 않아."

나는 분노를 넘어서서 지치고 있었다.

"윌리암, 내 말을 잘 새겨들어라."

알프레드가 나를 측은하게 쳐다보았다.

"너무 궁금해. 어서 말해 봐."

이 자리에서 가장 객관적인 카리카가 눈을 반짝이며 끼어들었다.

그녀는 우리의 얘기가 무척이나 재미있는 듯했다. 알프레드가 못마땅한 표정으로 카리카를 슬쩍 보고는 엄마를 변호하는 말을 시작했다.

"이슈빌님과 사비나님, 그리고 나 이렇게 세 사람이 헤라트에게 저항할 때인 15년 전부터 공격 루트를 짜놓은 것은 사실이다. 하지만 그렇다고 사비나님이 헤라트에게 밀고했다는 증거는 아무것도 없어."

"공격 루트를 알고 있는 사람은 누구누구인가?"

할아버지는 일말의 희망을 가지려는 듯했다. 솔직히 할아버지는 엄마가 샤론 족을 배신했다고 해도 크게 낙담할 이유가 없었다. 드래곤 족을 버리고 아버지를 따라나섰을 때도 마찬가지였다. 다만 손자인 나에게 미안한 마음이 할아버지를 안타깝게 만드는 이유였다.

"이슈빌님하고 사비님, 그리고 저… 이렇게 셋입니다. 철저하게 비밀을 지켜야 하기에 족장들도 모르게 했습니다."

"그렇다면 우리 주인님은 정말 대단하군요."

카리카의 철부지 짓은 언제 끝날지 답이 없었다.

"나는 이슈빌님한테 우연히 들었어."

아버지가 제일 아끼던 맥슨이기에 가능한 일이었다. 죽을 때까지 말하지 말라고 했으면 무덤까지 가지고 갈 아버지의 덩치 커다란 부하였다.

"사비나도 아니고 이슈빌도 아니면 알프레드일 수도 있다는 얘기네?"

노노는 알프레드를 은근히 떠보았다.

"말하면 그렇지. 하지만 나는 아니야."

알프레드가 차가운 미소를 지었다. 맥슨의 부하가 된 이후로 친구처럼 대하고 있지만 두 사람의 사이에는 알지 못할 벽이 있는 것은 사실이었다. 노노가 우리를 따라나서려고 했을 때 결사적으로 반대하던 큰 스승이었다. 그 마음이 갑자기 변하기는 했지만 아직도 그 앙금이 조금은 남아 있었다.

"샤비나도 아니고 자네도 아니라면?"

"나머지 한 분이지."

아무런 거리낌도 없이 알프레드는 자연스럽게 대답했다.

"이슈빌님이라는 말씀이에요?"

"그래."

"정말 말 같지도 않은 소리 더 이상은 듣지 못하겠어요!"

맥슨이 알프레드에게 이렇게 화내는 것은 태어나고 처음이었다. 그러나 알프레드는 차분했다.

"흥분하지 마라."

"내가 지금 흥분 안 하게 생겼어요?"

"이슈빌님은 헤라트를 기다리고 있었어."

"아버지가?"

"나도 마지막 전투 때 그 사실을 알았다."

"마지막 전투……."

나는 기억을 더듬었다. 알프레드의 말을 들으며 다크로사를 타고 성 밖으로 나가던 아버지가 떠올랐다.

"생각해 보니 그렇군."

노노는 머리를 기울였다.

"그렇긴 뭐가 그래!"

맥슨이 꽥 하고 소리를 질렀다. 그러자 카리카가 노노를 감싸 안으며 주인인 맥슨에게 매달렸다. 그녀는 맥슨이 노노를 어떻게 할까 봐

조마조마했다.

"진정하세요."

"만일 이슈빌이 사비나를 의심했다면 공격 루트를 몇 번이고 바꿀 수 있었어. 3년이라면 충분한 시간이었을 텐데?"

카리카의 등 뒤에서 살짝 내민 노노의 머리가 움직였다. 드래코니안은 할 말을 다 하고 있었다. 하기야 엉뚱한 약속으로 카리카에게 묶여 있어서 그렇지, 노노의 실력은 맥슨에게 전혀 뒤지지 않았다. 드래곤의 피가 흐르는 그도 드라코리치의 수행 기사였다.

"공격 루트를 바꾸는 것은 크게 의미가 없어."

"왜?"

"푸트 산을 끼고 있는 추칸 산맥을 끼고 해안을 따라가는 지그재그 루트였는데 바꾼다고 해도 산을 넘든지, 아니면 거꾸로 돌아가는 것뿐이었어."

"그런데?"

"그 많은 샤론 족을 데리고 신도 접근하지 못한다는 산을 넘는다는 것은 불가능했고, 뒤로 돌아간다는 것도 10여 년을 지나온 길을 다시 가야 한다는 것인데 시간만 버리는 무모한 짓이지. 이렇듯 두 개 다 실현 가능성이 적은 것이라 바꿀 필요성을 못 느꼈지."

"그렇다면 사비나가 헤라트에게 말했을 수도 있네?"

"사비나님을 믿고는 있었지만 처음에는 나도 고민을 많이 했어. 하지만 1년이 지나고 2년이 지나도 헤라트의 부대는 코빼기도 안 보였어. 그래서 사비나님을 그대로 믿기로 했지."

알프레드와 노노는 주거니 받거니 대화를 했다.

"최근에 우리 진지 근처로 드래곤 족이 나타나면서 나는 이상하다고 느꼈어요."

맥슨은 그것도 엄마의 소행으로 몰고 갔다. 현재 상황으로는 전혀 틀린 말이 아니었다. 하이드랜드와 남부 해안은 무척이나 먼 거리였다. 더욱이 파이로텐 벌판은 헤라트의 부대가 지키고 있기 때문에 배를 타고 빙 돌아와야 했다.

"만일 사비나님이 꾸민 일이라면 굳이 병력도 얼마 되지 않고 눈에 쉽게 뜨이는 드래곤 족을 보내진 않았을 거야. 더군다나 이슈빌님은 그때부터 리쿠스 신의 예언을 더 따르려고 했어. 드래곤 족까지 우리를 노리고 있다고 하면서 말야."

나도 그 사실은 예전에 식량 창고에서 우연히 목격했었다.

"으음!"

할아버지가 알프레드의 얘기를 들으면서 깊은 신음을 쏟아냈다. 무엇인가 깊이 생각하고 있는 모습이었다.

"내가 보기에는 드래곤 족이 나타난 것은 오히려 어떤 신호 같다고 본다."

"신호요?"

"유난히 사비나님을 미워하던 이슈빌님도 이상했고……."

알프레드는 자신의 생각을 정리해 나가고 있었다.

"그건 또 무슨 말이에요?"

우리 얘기의 초점을 대충 간파한 카리카였다.

"나도 자세한 것은 모르겠다."

알프레드가 머리를 천천히 좌우로 흔들었다.

"자네의 말은 이슈빌과 사비나가 미리 짜고 일을 벌였다는 말인가?"

아무 말 없이 신음 소리만 내던 할아버지가 결론을 내리듯 말을 꺼냈다.

"으음!"

이번에는 알프레드가 묵직한 신음으로 질문을 받았다.

"결론 내리기 힘든 일입니다. 이 문제의 답은 천상 사비나님을 구한 다음에야 알 수 있을 것 같습니다. 오로지 그분만이 알고 있는 답입니다."

"그럴 것 같군."

할아버지가 고개를 끄덕였다.

"그럼 칼마르 제국으로 가야겠네."

노노가 맥슨을 바라보았다.

꽝!

책상이 두 조각나며 부서졌다.

"좋아! 가자고! 가서 그 여자한테 물어보자고! 아슈빌님이 이런 모함을 받다니, 도저히 참을 수가 없어!"

맥슨이 씩씩거리며 일어났다.

"와우! 신난다!"

카리카가 박수를 쳤다. 아무튼 분위기에 상관없는 요정이었다.

"바깥 세상에 나온 자신의 임무를 잊지 마라."

철부지 요정에게 알프레드가 따끔하게 한마디 했다. 그때 노노의 눈빛이 밝아졌다가 순식간에 사라졌다. 다른 사람은 몰라도 나를 속일 수는 없었다.

"샤론 족의 문제 말고라도 드래곤 족의 현재 처지도 사비나를 구해야만 하니까 결정했으면 어서 떠나지."

노노가 자리에서 일어났다.

"그런데… 노노님."

"왜?"

"저들의 마법이 얼마나 오래 갈까요?"

할아버지는 '참' 이란 마법에 걸려 있는 삼촌들을 가리켰다.

"헤라트에게 들키지 않으면 평생도 괜찮은데 글쎄……."

"대왕님, 제가 말씀드린 대로 최대한 시간을 끄셔야 합니다. 저희도 빨리 사비나님을 구해 오겠습니다."

"알겠네."

"할아버지, 다녀올게요."

나는 엄마 때문에 마음 아플 할아버지에게 인사를 했다.

"무사하게 엄마를 구해 와라."

"걱정 마세요."

"윌리암, 할아버지는 너만 믿는다."

우리 일행은 쉴 틈도 없이 필요한 짐만 챙겨서 하이드랜드를 떠났다. 파이로텐 벌판을 피해 배를 타고 해안을 따라서 프란세드라 국을 지나 두레슬라비 국으로 가기로 했다. 칼마르 제국의 속국인 두레슬라비 국은 국경이 붙어 있어 헤라트의 궁궐로 가는 지름길이기도 했지만 전쟁터하고 거리가 먼 관계로 치안 상태가 또 다른 속국인 프란세드라 국보다는 허술했다.

두레슬라비 국은 나에게도 개인적으로 감회가 깊은 나라이다. 도로시를 만났고, 그린 족의 마을에서 하우제터스 자작과의 인연으로 아버지와 아들이 되었었다.

PART XI
칼마르 제국

(1)

할아버지가 우리에게 내준 드래곤 족의 배는 속력을 높이기 위해 만든 닻이 넓은 작은 상선(商船)이었다. 그래서 우리도 장사꾼 차림으로 변장을 하였다. 서로의 목적은 달랐지만 그동안 있었던 모든 일들은 접고 심기일전(心機一轉)하여 다시 길을 나서는 우리였다. 그러나 아직도 해결되지 않은 사소한 문제들로 일행은 티격태격 중이었다.

알프레드의 영혼까지 포함한 5명이 동행을 하면서 이렇게 어색한 적은 없었다. 사실 함께하는 동안 그럴 시간도, 여유도 없었지만 지금은 매우 심각한 지경이었다. 배의 난간에 기댄 채 투덜거리는 맥슨과 변명 아닌 변명으로 맥슨을 달래는 알프레드가 분위기를 가라앉혔고, 노노와 카리카는 다른 이유로 언쟁을 다퉜다.

나는 다른 사람들과는 다르게 입을 꾹 다문 채 엄마 생각으로 죄없는 바다만 뚫어져라 쳐다보고 있었다. 저 멀리 수평선에 맞닿은 늦가

을의 오후가 파란 하늘로 물들어 있었다. 내 울적한 마음하고는 다르게 눈이 부시도록 시원한 장면이었다. 그러나 나의 모든 신경은 다른 데로 향하고 있었다. 여자의 카랑카랑한 목소리가 거의 일방적이긴 했지만 두 남녀의 설전(舌戰)이 너무 뜨거워 내 귀를 가만두지 않았다.

"정말 나하고 결혼할 마음이 있어?"

카리카는 투정을 부렸다.

"남자는 같은 말을 두 번 하는 거 아니야."

노노가 은근히 빠져나갔다.

"결혼할 사이면 사랑을 해야 하는데 어째서 나한테 한 번도 사랑한다고 안 하지?"

"다른 사람들이 있어서 창피하니까……."

이번에도 얼버무리지만 쉽게 빠져나가지는 못할 것 같았다.

"그럼 지금 사랑한다고 해봐."

"지금?"

노노가 어색한 표정으로 철없는 예비 신부(?)를 쳐다보았다. 카리카가 그를 몰아붙이는 데는 나름대로 이유가 있었다. 하이드랜드에 있을 때 스쿠르벤드 대왕에게 자신을 제대로 소개해 주지 않았다는 것이다. 비록 알프레드의 호통 때문에 참고는 있었지만 노노가 스스로 그녀를 소개해 주길 바랬던 것이다.

"사랑한다고 해봐! 그럼 용서해 줄게."

"카리카!"

노노의 진심이 뭔지는 몰라도 난감할 것이다. 그들의 얘기를 들으며 갑자기 드래코니안도 사랑을 할까 하는 생각이 들었다. 하기야 신전에만 있던 카리카도 사랑을 알지는 못할 것 같았다.

"다른 말은 소용없어. 오로지 나한테 사랑한다고 해봐."

막무가내로 밀어붙인다.

"사랑이 뭔지 알아?"

"당연히 알지."

카리카가 그 커다란 눈을 똑바로 떴다.

"그럼 카리카는 나를 사랑한단 말이야?"

"엉."

"허허……."

노노는 어이없는 웃음을 흘렸다.

"나는 노노가 나하고 결혼하고 싶다고 했을 때부터 사랑했어."

"사랑하는 느낌이 어떤데?"

"그건 노노도 아는 거 아냐?"

"나?"

노노는 자신을 가리키는 카리카를 놀란 눈으로 보았다.

"자기도 나를 사랑하니까 결혼하자고 한 거잖아."

틀린 말은 아닌 것 같다. 그리고 분명히 노노는 카리카와 결혼할 조건으로 맥슨의 부하가 돼서 우리의 일행이 된 것이다.

"물론 처음 봤을 때부터 나는 한눈에 카리카에게 반했지. 웃음소리뿐만 아니라 생긴 것도 결혼하고 싶을 정도로 아름다웠으니까. 지금도 내 앞에 서 있는 카리카의 모습은 눈부실 정도로 여전히 아름답거든."

카리카의 기분을 맞추기 위해 노노가 팔을 벌리며 과장된 동작을 했다. 하지만 예전 같으면 금방 넘어갔을 카리카는 표정도 변하지 않았다. 아무래도 단단히 벼르고 있는 듯싶었다. 과연 노노가 카리카에

게 사랑한다고 할지 궁금했다. 나와 알프레드는 노노가 우리를 따라
나선 이유를 이미 알고 있다.

"그런데 왜 나에게 사랑한다고 말 안 하는데?"

"안 하는 게 아니고……."

노노가 변명거리를 찾았다.

"나를 사랑하지 않는 거지?"

카리카는 슬픈 얼굴로 돌아서서 걸어갔다. 노노가 얼른 달려와 그
녀를 잡았다.

"말하다 말고 어디를 가는 거야?"

"주인님한테."

"왜?"

"노노가 나를 사랑하지 않으니까 우리 일행에서 빼달라고 할 거
야!"

"아, 알았어."

"알긴 뭘 알아!?"

"우선 진정해 봐."

어린 내가 봐도 여자를 달래는 방법이 서툴긴 하다.

"그럼 사랑한다고 할 거야?"

"그… 래."

노노는 하는 수 없이 고개를 끄덕거렸다. 둘이 다투면 항상 카리카
가 이기는 편이지만 노노도 싫지는 않은 듯했다. 드라코리치의 수행
기사인 노노는 우리가 말을 하지 않아도 카리카의 정체를 어느 정도
파악하고 있을 것이다.

"지금 하면 돼?"

"엉."

노노는 카리카의 귀에 짧게 소곤거렸다. 신전에서 함께 나온 카리카의 임무까지도 그는 충분히 짐작하고 있었다. 그렇기 때문에 알프레드가 강하게 반대했지만 마음에도 없는 이유를 만들어 우리를 따라나선 것이다. 하지만 노노는 점점 카리카에게 정을 주고 있었다. 어쩌면 처음부터 그는 정말로 카리카가 마음에 들었을지도 모르는 일이었다. 그것은 오로지 노노만이 알고 있을 뿐이다.

"후후후."

나도 모르게 둘을 보면서 웃음이 나왔다.

"우리는 지금 서로를 알아가는 과정이야. 진정한 사랑은 상대의 약점까지 모두 품을 수 있을 때 가능한 거야."

카리카의 귀에 대고 무슨 말인가 속삭였던 노노가 창피한지 한마디 툭 던졌다. 그러나 만족한 웃음을 짓던 카리카의 대꾸는 전혀 녹녹하지 않았다.

"나처럼 첫눈에 사랑하는 경우도 있어. 노노는 아닌가 보지?"

"그래서 사랑한다고 했잖아."

노노가 퉁명스럽게 자포자기하듯 말했다. 어차피 사랑한다고 했는데 카리카를 더 이상 건드릴 필요가 없었다.

"호호호, 나도 노노를 너무 사랑해."

너무 밝았다. 그래서인지 노노의 대답은 더욱 작게 들렸다.

"알아."

카리카는 풀이 죽은 노노의 손을 잡고 뱃전으로 갔다. 카리카의 들뜬 어깨와는 다르게 주인에게 끌려가는 원숭이의 축 처진 뒷모습처럼 힘없는 노노의 좁은 등이 또 한 번의 웃음을 만들게 했다. 그래도 같이 있는 걸 보면 신기했다.

"첫눈에 사랑을 한다……."

나는 카리카가 했던 말을 되새겨 보았다. 그러자 아버지와 엄마의 모습이 바다 위에 겹쳐서 나타났다. 생명을 맡긴 전쟁터에서 적으로 만나 첫눈에 사랑을 느꼈다는 엄마와 아버지의 감정은 어떤 것일까? 아직은 사랑을 경험해 본 적도, 특별히 생각해 본 적도 없지만 그 순간의 느낌은 알 수 있을 것 같았다. 자세히 설명할 수는 없지만 그 마주친 짧은 눈길 속에서 보았던 것은 맑은 본능이었을 것이다.

"그래, 사랑은 본능일 거야."

스스로 사랑을 평하며 노노와 카리카를 보았다. 평생을 드래곤 숲과 신전에서 살았던 노노와 카리카가 첫눈에 사랑을 느낄 수 있었다면 그것 또한 아름다운 본능이었다. 그래서 사랑은 위대한 것이라고 하는지도 모른다. 하지만 나의 이런 생각은 오래가지 않았다. 대륙 전체가 부러워했다던 아버지와 엄마의 사랑은 결국은 우리 가정에 암울한 상처만을 남기고 말았다. 뱃전에 다정히 서 있는 노노와 카리카의 뒷모습으로 아버지에게 창을 던지는 엄마의 모습이 겹쳐졌다.

"사랑이 미움보다 앞설 수는 없어!"

나는 엄마를 생각하며 입술을 깨물었다.

"난 죽어도 사랑 따위는 하지 않을 거야!"

노노와 카리카를 보며 사랑에 대한 정의를 내려보려던 나는 아버지와 엄마의 모습을 떠올리며 쉽게 결론을 짓고 말았다. 그것은 사랑을 하지 않겠다는 다짐까지 포함하고 있었다.


"노예도 아닌 사냥감으로 사는 게 좋다는 말씀이에요?"

"어떤 모습이든 간에 살아 있다는 것은 기회를 가질 수 있다는 거야."

울적한 마음을 달래기 위해 선실로 향하던 나는 끝이 보이지 않는 논쟁으로 시간을 보내고 있는 맥슨과 알프레드를 바라보았다. 거의 맥슨이 밀어붙이는 중이었고, 알프레드는 우직한 곰탱이를 설득시키기 위한 답변을 하고 있었다. 내용으로 봐서는 엄마에 대한 저주와 변론인 거 같았다.

"우리에게 어떤 기회요?"

"복수하는 기회!"

"죽을 때까지 못하면요?"

맥슨이 얘기를 하면서 나를 쳐다보았다.

"그 아들이 하면 된다."

알프레드도 나를 바라보고 있었다.

"치! 그 아들이 못하면 또 그 아들이 복수하고······."

"그래!"

맥슨은 비아냥거렸고 알프레드는 눈에 힘을 주었다.

"나처럼 아들이 없으면요?"

"너는 젊다. 언제든지 아들을 나을 수가 있어."

"그러면 큰 스승님은?"

맥슨이 알프레드를 물고 늘어졌다.

"나는······."

알프레드가 맥슨을 지그시 바라보았다.

"나는 너를 아들로 생각한다."

"······."

맥슨의 얼굴이 일그러졌다. 일부러 그런 것은 아니었지만 말을 하다보니까 큰 스승의 아픈 곳을 찌르고 말았다.

"그래서 나는 괜찮다."

"누가 뭐래요?"

미안한 표정의 맥슨은 짜증을 냈다.

"할 말 없으면 관두면 되지, 꼭 치사하게 남의 마음을 흔들고 그래요."

"꼭 알려주고 싶어서 그랬다."

"뭘 알려주려고요?"

"나는 이미 죽은 몸이야. 그러니 내 복수는 네가 해줘야 한다."

"큰 스승님!"

"말해 봐라."

"이런 말 하면 뭐한데 나는 지금까지 큰 스승님이 죽었다는 생각을 해본 적이 없어요. 오히려 더 젊어진 것 같아요."

"그러냐?"

아무래도 죽었다는 것보다 살아 있다고 하는 것이 더 좋은가 보다. 알프레드의 어두웠던 얼굴이 환하게 펴졌다.

"시도 때도 없이 꼬박꼬박 나서서 나를 못살게 구는 걸 보면 도저히 죽은 사람으로 인정할 수가 없죠."

"내가 언제 그렇게 나서서 너를 못살게 굴었냐?"

"그거야 가슴에 손을 얹고 생각하면 큰 스승님이 더 잘 아실 겁니다."

"그래?"

알프레드는 가슴에 손을 얹었다. 그러나 맥슨은 관심없다는 듯이 손을 흔들며 선실로 들어서려고 했다.

"쓸데없는 짓 하지 말고 식사나 하러 가자구요."

나도 맥슨의 뒤를 따라 머리를 흔들며 선실로 향했다. 아무리 심각한 상황이라도 둘은 항상 웃음으로 끝을 낸다. 이번에는 조금 시간이 길어졌을 뿐이지 다른 때 하고 크게 다를 바가 없었다. 그때 알프레드의 독백이 흘렀다.

"다른 것은 생각나는 것이 없고 다만 천방지축인 곰탱이를 사람되게 하려고 몇 마디 한 것은 기억난다."

"죽지 않았다니까. 최소한 입만이라도 살아 있다고."

맥슨이 가던 길을 돌아서서 알프레드의 영혼을 노려보았다.

"이구구, 무서워라."

알프레드가 벌벌 떠는 시늉을 했다. 머리카락 한 올 없는 초로의 늙은이가 입까지 내밀고 부르르 떠는 모습은 정말 너무 무서웠다.

"하하하."

"윌리암, 내 집이나 줘."

"거울?"

"나도 들어가서 쉬어야겠다. 저놈하고 싸웠더니 기운이 하나도 없다."

"영혼도 힘이 딸리고 그래요?"

맥슨은 못마땅한 얼굴을 했다

"몰라, 임마!"

"할 말 없으면 대답이 무지 짧아요. 좋은 말로 짧으면 내가 얼마나 존경해 줄까."

"네놈한테 존경받고 싶은 마음 없으니까 말이나 잘 들어."

"한번을 그냥 안 넘어가요."

"누가 할 소리인데?"

이미 끝이 난 거 같은데도 또 다른 시작이고 끝이 없다. 어쩌면 이런 모습이 원래 이들의 원활한 관계인지도 모른다.

"이제 그만 하고 들어가자."

내가 중간에서 두 사람을 말렸다. 하지만 맥슨은 그동안 맺힌 게 많은지 알프레드를 다시 물고 늘어졌다.

"좋아요. 그럼 하나 물어볼게요."

"뭐든지!"

"큰 스승님이야 내가 아들이니까 복수할 수 있다고 하지만, 만일 혼자 사는데 나 같은 아들조차 없는 사람이 복수하려면 어떻게 해요?"

맥슨은 씩씩거리며 대화를 원점으로 돌려놓았다. 그러나 알프레드의 대답은 질문에 묻어 있는 불쾌한 도전을 콧소리로 가볍게 몰아냈다.

"친구 아들이 복수해 주면 되지."

"치, 친구 아들요?"

"그래. 친구 아들도 내 아들과 같다."

"으그그, 내가 말을 말아야지."

맥슨이 질문한 걸 후회했다.

"누가 너더러 말을 하라고 시켰냐?"

"관두자고요."

"자식이 성질만 있어가지고……."

내가 맥슨의 등을 밀었다.

"어서 식사나 하러 가자."

"그게 제일 속 편하다."

"나는 잠이나 자야겠다."

알프레드가 '헤데지바의 거울'로 들어서려고 했다.

"윌리엄."

"밥 많이 먹으라고?"

하도 식사 때면 듣던 말이었다.

"아니."

"그럼, 뭐?"

"내가 너의 엄마에게 뭐란다고 큰 스승님처럼 삐치는 건 아니지?"

말을 안 했어도 신경이 많이 쓰였나 보다.

"말했잖아. 나도 그 여자를 엄마로 생각하지 않는다고."

"윌리엄, 사비나님은 세상에 너밖에 없다."

알프레드가 안쓰럽게 나를 쳐다보았다. 그때 뱃전에 있던 노노와 카리카가 동시에 소리를 질렀다.

"크로스 본이다!"

바람 소리에 묻혀서 제대로 들리지 않았다.

"뭐라는 거야?"

"뼈가 엇갈려 있다고 하네."

나와 맥슨이 마주 보았다.

"해, 해적이다!"

"해적이라는데?"

"여기에 있을 해적이라면 한 명밖에 없잖아."

"그렇지."

우리는 노노와 카리카가 있는 뱃전으로 갔다. 일렁이는 바다 위에서 거대한 배가 풍채도 당당하게 이쪽으로 다가오고 있었다. 배의 중앙에 설치된 높은 돛대의 전망대가 제일 먼저 눈에 띄었다. 그 옆으로 까만 바탕의 하얀 해골이 새겨진 깃발이 펄럭이고 있었다.

"전혀 낯설지 않은 배죠?"

"그렇구나."

맥슨과 알프레드는 벌써 조금 전의 언쟁을 잊고 있었다. 요란스럽기는 주변 사람들의 마음까지 조여 매다가도 어느 순간 아무런 일도 없었다는 듯이 의기투합하는 걸 보면 분명히 정상은 아닐 것 같았다. 하기야 그 부분에서는 나도 포함시켜야 하지만 객관적인 판단으로는 확실했다.

"윌리암도 아는 해적이야?"

노노는 나를 바라보았다.

"엉."

"누군데?"

"제크라는 해적이야."

갑자기 씨에라가 보고 싶어졌다.

"해적이 뭔데?"

카라카에게는 모든지 호기심을 자극하는 것들이었다.

"남의 배를 습격하거나 성을 공격해서 물건을 빼앗는 바다의 도적들이야."

노노가 짧고 정확하게 설명해 주었다.

"그럼 나쁜 놈들이구나."

"꼭 그렇지는 않아. 제크는 '킹 프리부터'라고 불리는 의로운 해적 왕이야."

내가 부연 설명을 해주었다.

"도둑이라면서 어떻게 착해?"

"제크는 나쁜 사람들의 것을 빼앗아 착한 사람들에게 나누어 주거든."

"아하! 그렇구나."

카리카가 내 말을 이해하는 동안 해적선은 우리 배에 가까이 달라붙었다.

"통행세를 내라!"

갑판에 있는 해적이 우리에게 소리를 쳤다.

"싫어!"

맥슨은 두 손을 모아 입에 나팔처럼 붙였다.

"싫다고?"

뜻밖에 대답을 들었는지 해적이 잠시 할 말을 잃고 있었다.

"큰 배 타고 있는 너희가 우리에게 돈 좀 보태줘라!"

"알프레드……."

나는 맥슨이 아닌 알프레드가 선수친 것이 재미있었다.

"주인님 아빠도 그런 말 할 줄 알아?"

카리카가 이상한지 눈을 똥그랗게 떴다. 매일같이 엄한 소리만 하던 알프레드의 다른 모습이 그녀에게는 신기하게 보인 듯했다.

"맥슨 때문에 쌓였던 답답함이 다 날아가네."

"정말 그래요?"

"너도 해봐. 시원해질 테니까."

알프레드가 맥슨을 재촉했다.

"야! 우리 서로 배 바꿔 타자!"

"……."

해적이 뜻을 몰라 귀를 곤두세웠다.

"어때? 시원하지?"

알프레드가 신이 나서 물었다.

"히히히."

맥슨은 웃으면서 고개를 끄덕였다.

"하하하."

"호호호."

우리도 배를 타고 처음으로 큰 소리로 웃었다.

"나도… 주인님, 나도 할게요."

"그래, 카리카도 해봐."

"으음!"

카리카가 목을 가다듬었다.

"뭐라 할지 기대된다."

"그러게."

나는 카리카의 맑은 얼굴을 바라보았다.

"야! 우리 결혼식 때 꼭 와라!"

기대에 차서 벌어져 있던 알프레드의 입이 꾹 닫혔다.

"뭐야?"

"기대하지 말걸."

나와 맥슨도 실망하기는 마찬가지였다. 그러나 우리의 무덤덤한 표정하고는 다르게 카리카가 마구 웃어댔다.

"호호호호."

"그만 웃어."

"호호호호."

"그만 웃으라니까."

"못… 참겠어요."

숨이 넘어가기 직전이었다.

"그렇게 재미있냐?"

"주인님, 너무 재미있어요."

"나는 별로 재미없던데?"

"조금 있으면 재미있어질 거예요."

"……?"

엉뚱한 대답에 맥슨이 멍하니 카리카를 바라볼 뿐이었다.

"카리카를 보면 네 부하가 틀림없다는 생각을 떨쳐 버릴 수가 없다."

알프레드가 혼자서 열심히 웃고 있는 카리카를 보면서 혀를 찼다.

"그건 저도 그래요."

이제 맥슨까지 카리카에게 자포자기다.

"노노야!"

느닷없이 카리카가 가만히 서 있는 노노를 불렀다.

"너도 해봐."

"싫어!"

항상 조용히 있던 노노가 고개를 크게 가로저었다.

"해보라니까!"

"콜록콜록! 나는 목이 아파서 안 돼."

노노는 목을 에워쌌다.

"어서 해! 안 하면……!"

"안 하면?"

"주인님!"

"왜 불러?"

카리카가 갑자기 부르자 맥슨이 놀랐다.

"노노가 저를 사랑하지도 않…….."

"알았어… 할게. 하면 되잖아."

노노는 카리카의 입을 막았다.

"뭔 말인데 둘이 그러냐?"

맥슨이 이상한지 둘 사이를 쳐다보았다.

"아… 니야."

대충 얼버무리는 노노의 얼굴이 새빨갛게 달아올랐다.

"주인님!"

"왜 자꾸 불러?"

"노노도 한마디 한데요."

"그래?"

우리는 카리카 때문에 깨졌던 기대를 노노에게 다시 걸었다.

"그럼 할게."

마지못한 표정으로 노노는 두 손으로 만든 나팔을 입에 갖다 댔다.

"야! 우리…….."

노노가 막 뭐라고 소리를 치려고 할 때였다.

"한번만 더 까불면 그냥 안 둔다!"

해적이 소리를 꽥 질렀다.

"알겠습니다."

인사까지 꾸벅하는 노노를 보며 사랑하는 사람을 닮는다는 진리를 깨닫는 데는 지장이 없었다. 둘이 함께한 지 얼마나 됐다고 드라코리치의 수행 기사가 저렇게까지 변했는지 솔직히 이해가 가지 않았다.

"뭐 하냐?"

"그냥 두지 않는다고 해서 내가 대표로 사과한 거야."

노노는 궁색한 변명을 했다.

"드디어 환자가 하나 더 늘었다."

"하하하."

알프레드가 이마를 짚는 모습에 나는 웃음을 던졌다.

"잘 아는 사람이라면서 마중을 나오지 않는 걸 보면 저쪽에서는 아직 우리의 정체를 모르나 보네?"

자신이 생각해도 민망한지 노노가 얼른 주제를 다른 데로 돌렸다.

"그러게."

"안에 있는 사람이 우리를 알아볼 수야 없지."

"내가 부를까요?"

맥슨이 알프레드를 쳐다보았다.

"조금 기다려 보자. 밖이 시끄러우면 나오기 싫어도 나오겠지."

"알았어요."

"저놈하고나 더 놀자."

알프레드가 갑판에 있는 해적에게 손가락질했다.

"이후로 생기는 불행한 사태는 모두 너희들 책임이다!"

기분이 상했는지 해적이 우리에게 경고를 퍼부었다.

"만일 불행한 사태가 생기지 않으면 네가 내 아들이다!"

"와우! 주인님 아빠, 무지 잘한다."

카리카가 알프레드를 보며 환호성을 질렀다.

"너한테 칭찬을 다 듣고 고맙구나."

그때 앙칼진 여자의 음성과 함께 까만 새가 해적선에서 날아왔다.

"어떤 놈들이 이렇게 건방을 떨고 있어?"

"씨에라!"

나는 너무 반가워 까만 새를 안으려고 했다.

"비켜라!"

"어헉!"

씨에라는 나를 박차고 반대쪽으로 내려앉았다.

"무슨 일이지?"

맥슨이 재빠르게 나를 보호했다. 그 앞으로 카리카와 노노가 섰다.

"아는 사람이라며?"

노노가 알프레드를 바라보았다.

"분명히 아는 얼굴이지."

"닥쳐라!"

까만 새에서 어여쁜 여인의 모습으로 바뀐 씨에라의 눈빛이 싸늘했다.

"씨에라, 우리를 모른단 말야?"

누구보다도 나를 잘 따르던 그녀가 완전히 다른 사이렌으로 바뀌어 있었다.

"얼렁뚱땅 넘어간다고 너희를 그냥 보낼 수는 없다!"

커다란 눈에 붉은 기운이 휙 하고 지나갔다.

"마법에 걸려 있다."

노노가 냉철하게 사태를 주시했다.

"아아아……."

씨에라가 입을 열고 고운 소리를 내기 시작했다.

"모두 귀를 막아!"

씨에라가 노래를 부르면 홀리지 않는 사람이 없었다. 그녀는 뱃사람들이 제일 무서워하는 사이렌 족의 마지막 용사였다. 억지로 틀어막은 귓속으로 달콤한 노래 소리가 밀려 들어왔다.

그대는 대륙을 호령하던 위대한 용사.
이제는 모두 잊고 내 품에 와서 쉬어요.
전쟁터에서 무사히 돌아올 날을 기다리며
하루도 빠짐없이 그대를 위해 기도를 했죠.
이제는 바다의 신에게 기도하던 이 손으로
그대의 머릿결을 다정하게 쓸어 넘겨요.

노래 속으로 빠져드는 나의 마음은 평화롭게 가라앉았다. 그동안 엄마 생각에 아프기만 했던 가슴이 따뜻해졌다. 이대로 죽는다 해도 억울하지 않을 것 같았다. 스르르 눈이 감기며 뿌옇게 빛을 보이던 시야가 점점 어둠으로 바뀌어갔다. 그 속으로 뚜렷하게 떠오르는 것은 활활 타는 불구덩이였다. 알프레드와 친구들이 그 속에서 허우적거리고 있었다.

(2)

"뮤트!"

누가 외쳤는지는 모른다. 순간 뜨거운 기운이 귓가를 때렸다.

꽝!

불꽃이 사방으로 튄다.

"으헉!"

갑자기 어둠이 걷히고 빛줄기가 쏟아져 내렸다.

"어떻게 된 거지?"

"몰라!"

나와 맥슨이 우왕좌왕했다.

"노노가 마법으로 씨에라의 소리를 없애 버렸다."

알프레드는 영혼이라 싸이렌의 노랫소리에 정신을 뺏기지 않았던 것이다.

"쇼크 스피어!"

그때 우리 쪽에서 터져 나온 마법은 전기공이었다.

"받아라!"

카리카는 맥슨을 보호하듯 우리 앞에서 두 손을 모아 씨에라에게 투명 공을 쏘았다. 거대한 투명 공 속에는 번개가 정신없이 치솟고 있었다. 그 속에 갇히면 어떤 몬스터도 살아남지 못할 것 같았다.

"어림없다!"

목소리가 차단당한 씨에라는 전기공의 공격을 피해 하늘로 날아오르더니 잽싸게 해적선으로 돌아갔다. 그러나 노노의 마법은 쉬지 않았다.

"싱크!"

물의 부력을 완전히 없애 지정한 목표를 가라앉히는 마법은 대단한 위력을 발휘하기 시작했다. 해적선이 바다 아래로 서서히 내려갔다.

"제법이군!"

가라앉는 해적선의 뱃전에 대머리의 사내가 나타났다.

"자… 슬린이다……."

내가 너무 놀라 소리쳤다.

"누구라고?"

맥슨은 자신의 귀를 의심하고 있었다.

"지슬린이야."

"죽었다던 제크의 마법사 말이야?"

맥슨도 믿을 수 없다는 표정이다.

"핵산에게 죽었다는 지슬린이 어떻게 살아난 거지?"

알프레드가 뱃전에 서 있는 대머리의 마법사를 바라보았다. 순간

온몸에 그려진 마법사의 문신이 꿈틀거렸다.

"마법은 마법으로 대항한다!"

우리는 긴장했다.

"워터 워킹(Water Walking)!"

반쯤 가라앉은 해적선을 박차고 바다 위로 뛰어내린 자슬린은 물살을 가르며 우리 쪽으로 뛰어왔다. 그의 문신이 다시 꿈틀거렸다.

"버스트 플레어!"

"모두 피해!"

노노가 소리쳤다.

"어헉!"

멍하니 서 있던 내 앞으로 시뻘건 불덩이가 바람을 가르며 날아왔다.

슈슈슈슉—

뜨거운 열기가 코끝에서 느껴졌다.

"윌리암, 엎드려!"

미처 피하지 못한 나를 맥슨이 안고 굴렀다.

꽈꽈꽈꽝!

거대한 불덩이가 우리 배를 강타했다.

"으윽!"

파이어 볼보다 10배나 강한 화력을 가진 불덩이는 대단한 위력을 실감케 하는 데 충분했다. 하지만 마법이라면 우리도 질 것이 없었다.

"씨 스크린(Sea Screen)!"

카리카가 앙칼지게 쏘아붙였다. 바다가 일어서며 거대한 장막을 만들었다.

픽! 픽! 픽!

날아오던 불덩이들이 물의 장막에 부딪치며 사그라졌다.

"씨 브레스트(Sea Blast)!"

자슬린은 물위를 달려오며 쉬지 않고 공격을 했다. 육중한 해일이 카리카가 만든 물의 장막을 덮치며 그대로 우리 배를 갈아뭉갰다.

꽈꽝!

순식간에 배가 두 조각 나며 우리 일행은 바다로 떨어졌다.

"모두 손을 잡아!"

노노가 물속에서 허우적거리는 우리에게 소리쳤다.

"주인님, 이쪽으로!"

"윌리암, 나를 잡아!"

우리는 서로 얽히듯 손을 잡았다 그러자 노노가 기다렸다는 듯이 마법을 펼쳤다.

"레비테이션!"

몸이 위로 솟구쳤다. 우리는 노노의 손에 이끌려 하늘을 날아 해적선 위에 사뿐히 내려앉았다. 그러나 숨 돌릴 틈도 없이 몰려드는 해적들을 처리해야만 했다.

"이번에는 내 차례다!"

맥슨은 칼을 뽑아 들었다. 제크의 해적선을 만나자 반가운 마음에 농담까지 해가며 여유를 부렸다가 호되게 당한 분풀이를 막 펼치려 했다.

"와아!"

해적들도 함성을 지르며 맥슨에게 달려들었다.

"어딜!"

맥슨은 신전에서 받은 칼을 아래로 내려쳤다.

"으악!"

맨 앞에서 호기롭게 달려들던 해적이 반으로 갈리며 쓰러졌다.

"이얍!"

칼이 빙글빙글 춤을 출 때마다 해적들이 옆으로 튕겨 나갔다.

"으헉!"

"비켜!"

무자비하게 몰아치는 맥슨의 검술은 한 치의 용서도 없었다.

"역시 우리 주인님이시다."

"올라올 때가 됐는데……."

카리카는 감탄을 자아냈고, 노노는 배 아래에 있는 자슬린이 나타날 때를 대비하고 있었다. 드라코리치의 수행 기사인 그에게도 10기가의 마법사는 결코 만만한 상대가 아니었다. 노노의 눈매가 매서워졌다.

"알프레드, 어떻게 된 걸까?"

혹시 모를 상황에 대비해서 '헤데지바의 거울'을 꼭 움켜쥐고 있던 나는 해적 왕 제크의 일이 너무 궁금했다.

"글쎄다……."

"노노의 말로는 씨에라가 마법에 걸렸다고 했어."

"나도 들었어."

"누굴까?"

바다에서 제크를 제압할 수 있는 사람은 그렇게 흔하지 않았다. 그러나 큰 스승도 난감한 표정을 지었다.

"전혀 감이 오질 않는구나."

"죽었다는 자슬런까지 살아났다면?"

"영혼을 움직일 수 있는 사람일 텐데……."

"혹시 바다의 신이 나타난 건 아닐까?"

나는 예전에 동굴에서 보았던 어드포이쿠 신의 석상을 떠올렸다.

"그렇지는 않을 거다."

"왜?"

"아직 신들은 나타나지 않아. 하이드랜드의 신전에서 사로드가 그랬잖아."

"맞아. 그래서 맥슨에게 신의 대리인을 맡긴 거지."

나와 알프레드는 신이 나서 흔들어대는 맥슨의 칼 사위를 보며 생각에 잠기었다. 그러나 쉽게 떠오르는 사람이 없었다. 아무것도 모르는 나야 그렇지만 '지혜의 샘'이라 불리는 알프레드마저 끙끙거리고 있었다.

"혹시 헤라트 아냐?"

나도 모르게 번쩍했다.

"헤라트가 여기까지?"

전혀 생각지도 못한 이름이었는지 알프레드가 깜짝 놀랐다. 그때 뱃전으로 올라온 자슬런이 우리를 노려보았다.

"쥐새끼들!"

"너는 내가 상대해 주마."

노노가 대머리 마법사를 막아서며 가슴을 폈다.

"나도!"

카라카가 노노와 어깨를 나란히 했다.

"나는 괜찮으니까 주인님을 살펴!"

노노는 누가 옆에 있다는 것이 거추장스러운지 카리카를 맥슨 쪽으로 보내려고 했다. 그러나 카리카는 물러서지 않았다.

"주인님은 현재 잘하고 있어."

"그래도 임무를 잊으면 안 돼!"

"으음!"

카리카가 노노를 뚫어져라 쳐다보았다.

"역시 우리 남편은 멋있어."

"멋있긴……."

쪼옥~!

쑥스러워할 틈도 없이 카리카는 노노에게 뽀뽀를 했다.

"이구구."

노노의 얼굴이 잠시 일그러졌다.

"하하하."

자슬린이 배를 잡고 웃었다.

"부부 마법사들이군."

"부부?"

"철없는 것들이 짝을 맺었으니 사는 데 재미는 있겠다."

"함부로 말하지 마라!"

"아내께서 너무 밝히셔서 자네가 밤마다 고생 좀 하겠군."

"뭐, 뭐라고?"

"그렇다고 더듬기는… 하하하."

"닥쳐라!"

자기 나이가 몇 살인지도 모를 정도로 오래 살아온 노노가 시뻘건 얼굴로 화를 냈다. 그는 카리카를 힐끔 보았다.

"왜 그리 화를 내지?"

"그건……."

막상 할 말이 없나 보다.

"후후후."

노노가 당황하자 자슬린은 재미있는 듯했다.

"말 같지 않은 말은 집어치우고 어서 덤벼라!"

"재촉할 거 없다."

"뭐야?"

"급한 데부터 처리하고……."

자슬린이 주위를 둘러보았다. 그는 곰처럼 미련한 사내의 롱 소드가 빛을 뿜을 때마다 이리저리 피를 튀며 쓰러지는 해적들을 보곤 입맛을 다셨다.

"멈춰라!"

마법사의 문신이 큰 동작으로 움찔했다.

"바스키레!"

스펠이 터지기가 무섭게 자슬린의 손가락 끝에서 푸른 마나가 둥글게 모이더니 한순간 번개처럼 날아갔다.

슝슝슝슝!

노노가 마법을 막으려 했다.

"어림없다! 프로……."

맥슨 주변에 방어 벽을 만들어주려던 노노는 깜짝 놀라며 마법을 거둬들였다. 그의 뒤에 있던 카리카가 맥슨 쪽으로 몸을 날리고 있었는데 비록 방어 마법이었지만 잘못하면 낭패를 볼 수도 있었다.

"주인님, 피해요!"

"무슨……?"

해적들을 몰살시키던 맥슨은 충실한 부하의 갈라지는 목소리를 들으며 어떨결에 칼을 돌렸다. 순간 묵직한 충격이 손목을 아프게 했는지 그는 롱 소드를 땅에 떨어뜨렸다.

꽝!

맥슨이 뒤로 주르르 밀려났다.

"주인님!"

"괜… 찮아."

롱 소드를 다시 잡는 맥슨이 숨을 크게 들이키며 손을 흔들어댔다.

"이놈이 감히 우리 주인님을!"

카리카는 맥슨이 크게 다치지 않은 것을 확인하고는 앞으로 덮쳐나갔다. 그러나 대머리 마법사는 눈 하나 깜짝하지 않았다.

"마카니토!"

"으헉!"

달려나오던 카리카가 기겁해 손으로 입을 막으며 뒤로 물러났다.

"윌리암, 입을 막아라!"

"입을?"

"어서!"

노노가 나에게 소리쳤다.

"으헉!"

"카악!"

"크아악!"

맥슨의 주변에 있던 해적들이 자신의 목덜미를 부여잡으며 쓰러졌다.

뿌연 독가스가 사방으로 퍼져 갔다.

"주인님!"

카리카가 몸을 날려 한 손으로 맥슨의 입을 막아주었다.

"으읍!"

맥슨은 놀란 눈으로 부하를 쳐다보았다. 그때 노노가 자슬린의 마법을 저지하려고 손을 펄럭였다.

"파이어!"

붉은빛이 몇 줄기로 갈리며 날아갔다.

파파파팍!

독가스의 뿌연 운무가 불에 그슬리며 하늘로 치솟았다.

"놈은 자기 편도 죽이고 있다."

"으음!"

나는 입을 막은 채 알프레드에게 고개를 끄덕였다.

"자슬린도 마법에 걸렸구나."

마법이 걸리지 않았다면 자기 부하들의 죽음을 저렇게 쉽게 생각할 수는 없었다.

"그렇다면 이 배를 차지한 놈의 실력은 10기가 이상이란 말인데……."

아버지와 싸웠던 헤라트의 마법사가 8기가의 엑셀런트(Exellent) 급 실력이었다. 그보다 높은 10기가의 자슬린이 쉽게 마법에 걸릴 정도라면 해적선을 점령한 놈의 능력은 아버지나 철갑단의 하멜처럼 마스터일 가능성이 높았다.

"누가 남의 배에 와서 이렇게 시끄럽게 굴어?"

나는 눈을 씻고 다시 보았다.

"손님이면 손님다워야지."

"저 꼬마는 누구야?"

맥슨은 카라카와 함께 내 곁으로 왔다.

"나도 모르지."

내가 어깨를 들썩했다.

"꼬마야, 너는 누구냐?"

알프레드는 어수선한 뱃전에 느닷없이 나타난 꼬마를 신기하게 바라보았다.

"나는 알투야."

"알투?"

꼬마가 방긋 웃었다. 머리칼이 거의 없는 다섯 살 정도의 어린아이의 미소는 천진난만했다. 하지만 시체들이 널브러진 갑판 위에 아무렇지 않은 표정으로 서 있는 모습이 그 미소와는 전혀 어울리지 않았다. 분위기가 그래서인지 알투는 마치 작은 악마 같았다.

"알투는 어떻게 이 배에 탔지?"

"내 배니까."

당연한 듯이 눈을 깜빡거린다.

"이게 알투의 배라고?"

"엉!"

"도대체 뭐가 어떻게 돌아가는 거야?"

맥슨이 두 팔을 벌리며 알프레드를 바라보았다. 하지만 현재 상황을 모르기는 큰 스승도 마찬가지였다.

"건방지다!"

자슬린이 재빨리 꼬마 곁으로 가서 자리를 잡았다.

"어서 우리 선장님께 인사부터 하지!"

알투의 뒤에 있던 검은 새 씨에라가 말했다.

"저 꼬마가 제크의 해적선을 마법으로 점령했단 말이야?"

나는 입이 크게 벌어졌다.

"그래도 다행이구나."

"알프레드, 뭐가?"

"헤라트는 아니잖아."

알프레드는 알투를 유심히 관찰하고 있었다.

"그렇긴 한데 어떻게 저런 꼬마가……."

"이런 일로 놀라다니 경험이 없는 애구나."

자슬린과 씨에라 사이에 당당하게 서 있던 알투가 어른스럽게 말했다.

"커억!"

맥슨이 갑자기 돌변한 알투를 보며 숨넘어가는 소리를 냈다. 그러자 노노가 조심스럽게 말을 꺼냈다.

"저 아이는 정상이 아냐."

"정상이 아니라니?"

"모습만 사람일 뿐 다른 종족이야."

"어떻게 알아?"

"마법으로 투시해 보면 알아."

"그럼 어떤 종족인데?"

우리는 모두 궁금증에 노노를 주목했다.

"그게 이상해."

노노는 고개를 갸우뚱했다.

"투시하면 보인다며?"

"전혀 모르겠어."

"전혀?"

"처음 보는 종족이야."

그때 남자의 호탕한 웃음소리가 들렸다.

"하하하!"

우리는 동시에 시선을 돌렸다.

"제크?"

맥슨이 한발 앞으로 나서며 선실에서 나오는 웃음의 주인공을 보았다.

"아는 사람이에요?"

"친구지."

"해적 왕이라는?"

"그래."

카라카는 맥슨 옆에 바짝 붙어 있었다. 누가 봐도 아주 충실한 부하였다.

"제크, 우리를 알아보겠어?"

알프레드가 답답한 마음을 보였다.

"시끄럽다. 너희들은 이 배에 오른 이상 알투님을 모시는 종으로 살아야 한다."

제크는 알프레드를 무시하고 호통을 쳤다.

"저 사람도 마법에 걸려 있어."

노노가 나의 소매를 잡아끌었다.

"도대체 누가 마법을 건 거야?"

"누구긴 누구야. 저놈이지!"

성질 급한 맥슨이 알투를 가리켰다.

"설마?"

나는 보고도 믿지 못하고 있었다.

"꼬마는 마법을 쓸 줄 몰라."

"맞아요."

카리카가 노노의 말에 동조했다.

"그럼 또 다른 놈이 있다는 거야?"

"그래요, 주인님."

"으음!"

맥슨은 신음 소리를 냈다.

"꼬마까지 내세우면서 왜 정체를 밝히지 않는 거지?"

내가 의아하게 생각했다.

"알투야."

우리들의 얘기를 듣고 있던 알프레드가 조용히 꼬마의 이름을 불렀
다.

"왜 불러?"

"몇 가지만 물어보자."

"몇 가지나 물어볼 건데?"

알투는 귀찮다는 표정을 지었다.

"두 가지 정도만."

"그럼 저 두 놈의 목을 가져와."

"……."

알프레드가 주춤했다.

"문제 하나마다 머리 하나야."

"저 꼬마 놈이 보자보자 하니까."

"허! 정말 어이가 없다."

목을 바쳐야 하는 나와 맥슨은 할 말을 잃었다.

"싫으면 말아."

알투가 등을 돌렸다.

"잠깐만!"

알프레드가 달려가 알투 앞을 막았다.

"이제 귀찮아. 모두 없애!"

"알겠습니다!"

제크가 깊숙이 머리를 숙였다. 그러더니 자슬린과 씨에라에게 명령했다.

"모두 없애라!"

"예!"

동시에 대답을 한 자슬린과 씨에라가 우리에게 덤빌 자세를 취하였다. 우선 알투 앞을 막아선 알프레드를 자슬린이 덮쳤다.

"고스트야, 비켜라!"

마법사도 큰 스승을 고스트로 알고 있었다. 그는 허리춤에 호리병을 꺼냈다.

"사람인 네가 나를 건드릴 수는 없다."

알프레드가 버팅겼다.

"죽기 전에 하나 더 배우면 좋지."

"그럼?"

호리병을 갖다 대는 자슬린을 보며 알프레드가 소스라치게 놀랐다.

"드로우(Draw)!"

자슬린의 외마디 명령에 알프레드의 영혼이 다리부터 빨려 들어가려 했다. 마치 전에 보았던 저승 세계의 처형 장면 같았다.

"알프레드!"

"어딜 가려는 거지?"

내가 알프레드에게 뛰어가려 하자 씨에라가 막아섰다.

"비켜!"

"발칙한 것!"

검은 새 모습의 씨에라가 입을 벌렸다.

윙윙윙윙!

노란색의 둥근 음파가 연이어 나를 공격했다.

"으읍!"

나는 두 손으로 머리칼을 움켜쥐었다. 세상이 쪼개져 보이며 머리가 깨지려고 했다.

"윌리엄!"

"어헉!"

갑판 위에 무릎을 꿇으며 넘어졌다.

"머리가 아파!"

"정신 차려!"

맥슨이 옆으로 쓰러진 나를 감싸 안았다. 순간 나는 씨에라의 정신을 다른 데로 돌려야 한다고 생각했다. 그러자 '헤데지바의 거울'이 마법을 토해냈다. 하이드랜드를 떠난 이후 처음 있는 일이었다.

"디스트럭션!"

거울에서 붉은 기둥이 곧게 뻗어 나갔다.

위이이잉!

노란 음파가 붉은색에 꺾이더니 다른 곳으로 쏠렸다.

꽝!

음파가 닿은 곳에서 폭음이 터졌다. 조금만 늦었어도 내 머리는 박살이 났을 것이다.

"이런!"

목표물을 놓친 씨에라가 당황했다.

"윌리암! 어서 거울을 던져!"

깨질 듯한 머리가 대충 정리돼 갈 때 알프레드의 다급한 목소리가 들렸다.

"거울?"

나는 잠시 멍했다가 손에 쥐고 있던 '헤데지바의 거울'을 알프레드에게 던졌다.

"큰 스승님을 구해!"

"예! 주인님!"

카리카는 맥슨의 명령을 즉시 이행했다.

"으읍!"

알프레드의 영혼은 자슬린의 호리병에 반쯤 빨려 들어가 있었다.

"감히 주인님의 아빠를!"

카리카가 자슬린에게 덤벼들었다.

"이런 건방진 계집애가?!"

마법사는 호리병을 잡지 않은 다른 손으로 카리카를 막으려 했지만 소용없었다. 그녀의 공격이 더욱 빨랐다.

"어스 데거!"

언제 가지고 있었는지 카리카는 성스러운 단검을 빼 들어 자슬린을
베었다.

"너, 너는 누구냐?"

자슬린이 카리카의 단검을 보며 소스라치게 놀랐다. 신들이 주신
세상에서 제일 성스러운 단검은 아무나 가지고 있을 수 없었다. 그러
나 놀란 것은 마법사뿐만 아니라 노노도 마찬가지였다. 그는 성스러
운 단검에서 눈을 떼지 못했다. 신전에서 가져 나온 단검이 말하는 의
도는 그녀의 정확한 정체이기도 했다.

"알 거 없다!"

카리카가 재차 단검을 휘두르자 자슬린이 멈칫하며 뒤로 물러났다.
순간 잠시 틈이 생기며 알프레드에게 기회가 주어졌다. 나도 그때를
놓치지 않았다.

"알프레드! 거울 속으로 들어가!"

내가 소리를 치자 호리병으로 빨려 들어가던 알프레드의 영혼이
'헤데지바의 거울'로 방향을 바꾸어 사라졌다.

휘이이익!

거울 속으로 들어간 알프레드가 안도의 한숨을 쉬며 목만 다시 나
왔다. 여차하면 거울로 다시 들어갈 생각인 듯했다. 그에게 제일 편한
곳은 영혼을 거둬준 거울 안이었다.

"자슬린!"

"……."

알프레드가 이름을 부르자 두려운 눈으로 성스러운 검을 보던 자슬
린이 고개를 돌렸다.

"너는 악의 마법에 걸려 있다."

"으으으……."

자슬린이 가슴을 부여잡으며 괴로워했다. 그의 눈은 두려움에 가득 차 카리카가 쥐고 있는 신성한 칼을 겨우 바라보고 있었다.

"아아악!"

"크아아악!"

이번에는 씨에라와 제크가 간격을 두지 않고 가슴을 매만졌다. 그들도 신성한 칼을 제대로 쳐다보지 못했다.

"으아아아!"

"커어어어!"

"크으으으!"

주변에 있던 해적들도 전부 윗도리를 벗어젖히고 있었다. 갑작스러운 일에 우리는 다음 행동을 취하지 못했다. 이 배에 모든 사람들은 악마의 마법에 걸렸던 게 틀림없었다. 그렇기에 신성한 검을 보더니 괴로워하는 것이었다.

"집어치워!"

알투가 돌아서며 '헤데지바의 거울'을 걷어찼다.

"여기서는 그 따위 마법이 통하지 않아!"

신성한 검을 바라보는 알투의 눈이 차갑게 변했다.

"알프레드!"

나는 떼구르르 굴러온 거울을 집어서 품에 갈무리했다.

"무사하니 걱정 마라!"

알프레드는 이미 밖으로 나와 있었다.

"알투도 마법에 걸린 거 아냐?"

"아냐."

노노가 단호하게 대답했다.

"만일 마법에 걸렸으면 다른 사람들처럼 신성한 검을 보고 쓰러졌을 거야."

알프레드는 내가 이해하기 편하게 설명을 보태었다.

"너희들이 설령 나를 만든 신이라 할지라도 나는 단 한 사람의 말밖에는 듣지 않는다. 그러니 이곳에서 빠져나갈 생각은 하지 마라!"

"그게 누구지?"

알투가 우리를 천천히 훑어보았다.

"이 세상에 단 하나뿐인 사람!"

우리는 모두 숨소리조차 죽였다. 특히 세상의 모든 지식을 알고 싶어하는 알프레드는 더욱 궁금했을 것이다.

"바로……!"

우리는 잠시 숨을 들이켰다.

"알프레드님이야!"

"푸하!"

맥슨부터 턱이 아래로 떨어졌다.

"샤론 족의 알프레드?"

노노가 알투와 알프레드를 번갈아 보았다.

"그래, 샤론의 알프레드!"

"허걱!"

이번에는 내가 턱을 놓았다.

"이 배는 알프레드님을 맞이하기 위해서 내가 만들어놓은 집이야."

알투는 나이보다 성숙한 어조로 또박또박 말을 했다.

"이럴 수가?"

나는 어떻게 놀라야 할지 해답을 찾지 못했다.

"지금 주인님 아빠를 말하는 거야?"

"그렇다는구나."

당사자인 알프레드는 카리카의 질문에 멍하니 대답을 하더니 자리에 털썩 주저앉고 말았다. 세상에 이런 일이 있다니 믿어지지가 않았다. 알투의 정체도 궁금했지만 해적선에 타고 있던 수많은 사람들을 희생하면서까지 자신을 영접하기 위한 배라니 큰 스승은 정신이 없을 것이다.

(3)

　우리 일행은 작은 꼬마를 한참 동안 바라보았다. 갑판에는 시체들과 기절해 쓰러져 있는 사람들이 마구 어우러져 있었다. 그러나 다섯 살짜리 아이는 눈 하나 깜짝이지 않았다. 오히려 우리를 노려보며 입꼬리를 올렸다. 무엇인가 결심한 듯한 야릇한 미소였다. 그러나 나의 머리 속을 헤집고 있는 것은 알프레드와 알투의 관계였다.

　이상한 것은 알프레드를 기다린다는 알투도 그의 얼굴을 모른다는 점이었다. 그럼 누군가 시켜서 알프레드를 기다리는 것인데, 바다에서 그럴 만큼 가까운 사람은 한 명뿐이었다. 정확히 말하자면 사람은 아니었지만 어떻든 간에 멜리카나가 유일했다. 검은 머릿결의 아름다운 머메이드인 그녀는 알프레드의 아내이기도 했다. 하기야 그게 부부의 관계가 되는지는 내 머리의 한계로 잘 모르겠지만 아이를 가지려고 했다면 부부가 맞을 것이다. 내가 아는 샤론 족의 사람들 중에서 아이가 있는 어른들은 남자나 여자 모두 부부 아닌 경우는 없었다.

"알투!"

"왜 자꾸 부르고 그래?"

"알프레드하고 어떤 사이지?"

나는 짐작 가는 것을 확인하려고 했다.

"우리 아빠야!"

"아… 빠?"

맥슨은 또 한 번 놀라고 있었다. 하지만 나는 이미 짐작을 하고 있었기 때문에 맥슨처럼 크게 놀라지는 않았다. 다만 그 아이가 벌써 이렇게 컸다는 게 믿어지지가 않았다.

"엄마의 이름은?"

나는 확실하게 알고 싶었다.

"멜리카나!"

짐작이 진실로 맞아떨어졌다.

"그럼 틀림없네?"

맥슨도 멜리카나의 이름은 알고 있었다.

"그러게."

"어쩐지 처음 봤을 때부터 낯설지가 않더라."

맥슨은 너스레를 떨었다.

"정말?"

"벌써 머리칼이 없잖아."

"히히히."

나는 입을 가리고 웃었다.

"엄마는 어디 있지?"

알프레드가 알투를 묘한 눈으로 쳐다보았다.

"저 아래!"

알투는 선실 아래를 가리켰다. 바다에서 사는 머메이드인 멜리카나는 갑판에는 올라오지 않는 듯했다.

"이분이 샤론의 알프레드다."

노노가 큰 스승을 알투에게 소개해 주었다.

"정말?"

이번에는 알투가 알프레드를 유심히 살펴보았다.

"그래, 맞아."

알프레드가 고개를 끄덕인다.

"우리 아빠가 고스트란 말야?"

"그건 사정이 있어서 그래."

알투가 좀 더 가까이 알프레드에게 접근했다.

"그러고 보니 생김새는 우리 아빠 맞는 거 같은데……."

"조그만 게 무슨 의심이 그렇게 많아?"

맥슨이 투덜거렸다.

"그래도 엄마에게 물어봐야 해."

손가락을 입에 무는 것으로 봐서는 어린아이의 모습으로 돌아온 것 같았다.

"물어보고 뭐고 맞아."

"엄마가 올 텐데……."

"어서 아빠에게 인사부터 해!"

맥슨은 다짜고짜 알투의 머리통을 잡아서 눌렀다.

"으앙!"

"사내놈이 울긴……."

"으앙!"

알투는 억울한지 계속 소리 내어 울었다.

"그만 그치지 못해!"

맥슨이 닦달했다.

"주인님."

"왜?"

"동생한테 너무 심한 거 아니에요?"

카리카가 안쓰러운 눈빛으로 알투를 바라보았다.

"동생이라니?"

"주인님 아빠의 아들이니까 주인님하고는 형제잖아요?"

"맞는 얘기네."

나는 미소를 지었다.

"윌리암, 그런 거야?"

"그렇지."

"이거 분위기가 이상해진다."

맥슨이 뒷머리를 긁적거렸다.

"아무튼 동생이 생긴 거 축하해."

"축하해 주니 고맙긴 한데……."

맥슨은 싱글거리면서 알프레드를 보았다.

"뭘 쳐다 봐?"

"아뇨, 그냥……."

"그냥 뭐?"

"신기해서요."

알프레드가 맥슨을 노려보았다.

"주인님, 왜 신기한데요?"

카라카가 당연히 나설 차례였다.

"너는 알 거 없어!"

"말해 주세요."

"힘도 하나 없는 노인네가 아들까지 낳았다니 말야."

맥슨은 알프레드의 눈치를 살피며 말했다.

"노노야!"

카라카는 노노에게 달려갔다.

"또 무슨 얘기를 하려고?"

노노는 벌써 겁먹은 얼굴이다. 하도 당하니까 부르기만 해도 걱정이 앞서는 모양이었다. 그래도 노노는 군소리없이 카라카의 부름에 따랐다.

"우리도 아가를 갖자!"

"아가?"

노노가 황당해했다.

"힘없는 주인님 아빠도 아가를 가졌잖아."

"그런데?"

"우리는 주인님 아빠보다 힘이 세니까 당연히 아가를 가져야지."

"주인님도 힘이 센데 아가 없잖아."

노노가 맥슨을 물고서 빠져나오려고 했다.

"주인님은 아내가 없잖아."

"알프레드는?"

"멜리카나인지 멜라크로인지 하는 아내가 있으니까 알투를 낳은 거야."

"카라카는 아이가 어떻게 생기는지 알아?"

"그럼!"

카라카가 자신있게 대답했다.

"어떻게 생기는데?"

노노는 아는 것이 있는지 얼굴이 빨개졌다.

"남편이 마법으로 아내의 뱃속에 아이를 넣는 거야."

"잉?"

원하는 대답이 아닌가 보다. 그러나 카라카는 개의치 않았다.

"그러니까 우리도 노노가 마법으로 내 뱃속에 아이를 만들면 되는 거야."

"세상의 마법 중에 그런 것은 없어."

"당연하지. 그 마법은 남편만이 할 수 있는 거니까."

"남편도 알지 못하는 마법이야."

"바보!"

노노가 카라카의 맑은 눈을 멍하니 바라보았다.

"주인님 아빠에게 물어보면 알잖아."

"후후후."

"왜 웃어?"

"알았어. 물어볼게."

카라카에게 억지로 떠밀리듯 알프레드에게 다가온 노노는 웃기만 했다. 그러나 큰 스승의 신경은 온통 알투에게 가 있었다.

"알투, 이리 와봐라."

"싫어."

"내가 아빠가 맞다니까."

"엄마가 올 거야. 조금만 기다려."

알프레드의 얼굴에 안타까움이 스치고 지나갔다. 할 수 없이 얻은 아들인데도 자식이라서 그런지 마음이 쓰이는 듯했다. 그 순간.

"오셨군요."

"누구?"

"저예요, 멜리카나."

"알투?"

알프레드가 뒤로 주춤했다.

"어… 떻게?"

조금 전까지 어린아이의 투정을 부리던 알투가 성숙한 여자의 목소리를 냈다.

"놀라지 마세요."

"도대체 정체가 뭐야?"

"흑흑흑!"

멜리카나는 대답 대신 울음을 터뜨렸다. 정확한 이유는 모르겠지만 남편인 알프레드를 만나서 감정이 격해진 것 같았다.

"울지 말고 대답을 해봐."

"알투는 당신의 자식이 맞아요."

"지금은?"

"저는 바다에서만 살 수 있는 머메이드예요. 그래서 알투의 몸을 빌려서 온 거예요."

"어떻게 그럴 수가 있지?"

"원래 우리 머메이드는 영혼을 지배하는 종족이잖아요."

"죽은 영혼만 거둬들이지 않나? 그것도 바다에서 죽은 사람들의 영혼만 말야."

"그렇긴 하지만 꼭 죽은 영혼만은 아니에요. 그리고 알투는 내 자식이기도 해요. 엄마인 나의 정신으로 알투의 영혼을 충분히 지켜줄 수 있어요."

"으음!"

알프레드가 이해한 듯하다.

"흑흑흑!"

멜리카나는 다시 눈물을 흘리기 시작했다.

"왜 자꾸 울어?"

알프레드도 아내의 울음소리를 듣자 마음이 착잡한가 보다.

"흑흑흑! 어쩌다가 죽임을 당했어요?"

"어엉… 그게……."

그제야 울음의 정체를 알게 된 알프레드의 영혼이 고개를 숙였다.

"사실은……."

알프레드는 이곳을 떠난 이후로 있었던 일들을 대강 설명해 주었다.

"헤라트가 당신을 이렇게 만든 거군요?"

"그, 그렇지."

이유는 모르지만 알프레드는 당황하고 있었다.

"흑흑흑!"

"이렇게 만난 건 신의 뜻이니 너무 슬퍼하지 마."

알프레드가 멜리카나를 달랬다.

"그래요. 이렇게라도 보니 너무 좋아요. 비록 당신이 영혼이기는 하지만 알투도 아빠 곁에 있을 수 있고요."

"좋게 생각하니 다행이군."

"당신도 알투하고 있는 게 좋죠?"

"그, 그럼."

알프레드가 주위를 살피며 말까지 더듬거렸다. 그때 카리카가 조심
스럽게 알투에게 접근했다

"저 알투… 아니, 주인님 아빠의 아내야?"

"……?"

알투의 몸을 빌리고 있는 멜리카나는 누구를 부르는 것인지 얼른
이해를 하지 못했다.

"저 말인가요?"

"엉."

"그럼 미안하지만 호칭에 대한 해석 좀 해줄래요?"

"해석이라니?"

카리카는 맥슨 이외에는 모두 말을 놓고 있었다. 그러나 멜리카나
는 별로 신경 쓰지 않았다. 그녀는 지금 자신에 대한 호칭이 더 궁금
한 것 같았다.

"내가 알아듣기 쉽게 풀어서 설명을 부탁한다는 말이에요."

멜리카나가 어깨를 으쓱했다. 그때 맥슨이 카리카를 가리키며 간단
하게 설명을 했다.

"쉽게 말해서 내가 카리카의 주인이고, 큰 스승님이 나의 아버지고,
그 다음은 멜리카나가 큰 스승님의 아내라는 말이지."

"그렇다면 맥슨님이 알프레드님의 아들인가요?"

멜리카나는 맥슨을 알고 있었다. 물론 그녀는 나도 잘 알고 있다.

"당연하지. 친아들은 아니지만."

맥슨은 자랑스럽게 알프레드의 아들임을 강조했다.

"좋아요. 무슨 말인지 알았어요."

멜리카나는 고개를 끄덕이며 카리카를 바라보았다.

"레이디께서는 나를 부른 이유가 뭐죠?"

"이제 물어봐도 돼?"

"그러세요."

"남편한테 당신이라고 부르는 거야?"

엉뚱한 질문은 때와 장소를 가리지 않는 듯했다.

"……?"

무슨 말인가 잠시 멈칫하던 멜리카나가 처음으로 웃음을 보였다.

"호호호."

"아니야?"

"호호호."

멜리카나는 쉬지 않고 웃었다.

"조금 전에 그렇게 들었는데?"

"맞아요."

사랑스러운 눈빛으로 알프레드의 영혼을 바라보는 멜리카나는 흐뭇한 모습이었다. 큰 스승은 시선을 멀리 두고 모르는 척했다. 그가 당황하며 더듬은 이유를 알 것 같았다.

"당신도 이리 와."

카리카가 노노를 가리켰다.

"나?"

노노가 이제는 하얗게 질린다.

"아하, 호호호."

멜리카나는 웃음을 보이며 노노를 바라보았다.

"이분이 저 예쁜 레이디의 남편이군요."

"아, 아니, 아직······."

얼버무려도 더 이상 통하지 않았다.

"쓸데없는 소리는 나중에 하고, 이 배에 대해서 좀 더 자세히 알 수 없을까?"

알프레드가 멜리카나에게 지나온 얘기를 물었다.

"보시는 대로예요."

"당신이 마법을?"

엄지손가락으로 갑판 위에 쓰러져 있는 제크 일행을 가리켰다. 알프레드도 멜리카나한테 당신이라고 했다.

"나는 마법을 못 써요. 그 대신에 저 인간을 이용했죠."

"지슬린을?"

알프레드는 멜리카나가 가리키는 대머리 마법사를 힐끔 쳐다보았다.

"그때 당신 일행을 구하면서 많은 영혼들을 거둬들였어요."

"맞아. 우리 모두 쿠로스의 배에서 죽을 뻔했어."

맥슨이 진저리를 쳤다. 선실 밑의 사람들을 구하려다가 배가 기울며 바다로 빠졌던 기억이 나는 것 같았다.

"멜리카나가 아니었으면 우리는 이미 물귀신이 됐을 거야. 지난 일이지만 다시 한 번 고마워."

나는 알투를 바라보았다.

"호호호, 별말씀을······."

멜리카나는 웃음으로 나의 고마움에 답례하며 말을 계속했다.

"많은 영혼 중에 저 마법사도 있었는데, 당신을 내 남자로 맞이하고서 혹시 나중에 쓸모가 있을지 몰라 영혼을 저승 세계로 보내지 않았죠. 그런데 알투를 낳고 시간이 지나면서 저 인간이 필요하더군요."

"그렇지만 이들은 나를 구해준 친구들이야. 어서 마법에서 풀어주도록 해. 설령 내 친구들이 아니더라도 멀쩡한 사람들을 마법 따위로 노예 부리듯 한다면 당신과 알투를 내 식구로 인정할 수가 없어. 우리 샤론 족은 인간의 자유와 평화를 위해서 싸우는 용사들이야."

알프레드가 굳은 얼굴로 제크와 해적들을 바라보았다.

"당신이 그렇게 생각하다니 억울해요!"

갑작스럽게 멜리카나의 표정이 울상으로 변했다.

"뭐가 억울해?"

"나는 이들을 죽이지 않았어요."

"당신에게 이들을 죽였다고 말한 적은 없어. 그리고……."

알프레드는 하던 말을 멈추고 제크를 유심히 살펴보기 시작했다. 시간이 흐르면서 큰 스승의 눈은 놀라움으로 점점 커져 갔다.

"으음! 모두 숨을 쉬지 않잖아."

짧은 신음 소리를 내며 알프레드는 해적들이 죽은 이유를 멜리카나에게 물어보았다.

"어떻게 된 거지?"

"이들은 모두 죽어 있었어요. 배는 불타고요."

멜리카나의 설명을 들으며 내가 놀라서 한 발 앞으로 나왔다.

"제크하고 씨에라가 죽었다는 말이야?"

나는 이해할 수가 없었다. 그들의 실력도 만만치 않았기 때문이다.

더군다나 자신들의 고향이나 다름없는 바다 위에서 죽임을 당하다니 믿어지지가 않았다.

"그래요, 모두 죽어 있었어요."

당시를 회상하는 멜리카나는 심각한 표정이었다.

"이유가 뭔데?"

"커다란 싸움이 있었던 것 같아요."

"멜리카나, 싸움이라니?"

덩치 큰 샤론의 용사는 싸움이라는 말에 워낙 민감했다.

"당신이 아니라는 걸 무엇으로 믿지?"

알프레드는 냉정하게 자신의 아내를 바라보았다.

"너무하시는군요."

"확실한 게 좋으니까."

"똑똑하신 분인 줄 알았는데 실망이에요."

멜리카나가 서운한지 말투가 싸늘해졌다.

"나는 살인자와 맺은 인연은 거둘 수가 없네."

알프레드의 의도는 우리에게 보여주기 위해서일 것이다. 자신과 깊은 관계를 맺고 있는 사람들이 이번 일에는 무관하다는 사실을 알려 줄 필요가 있었다. 큰 스승과 같이 다니면서 나도 모르게 그의 머리 씀씀이를 알고 있었다.

"모두 아시겠지만 머메이드들은 죽은 사람의 영혼만을 지배하는 종족이에요. 나는 사람을 죽이지도 않지만, 설령 그런 마음이 있었다고 해도 혼자서는 저들을 이기지 못해요. 다만 죽은 영혼을 내가 다스릴 수 있기 때문에 이 배를 차지하는 데 저들에게 마법을 걸어서 이용했을 뿐이에요."

"맞아. 당신은 죽은 영혼만 다스리지. 내가 잠시 잊고 있었어."

알프레드는 턱을 쓰다듬으며 우리들을 둘러보았다. 아무튼 소심한 것은 알아줘야 하는 큰 스승이었다. 우리가 두고두고 알투를 미워할까 봐 일부러 저런 것이다. 물론 이런 숨겨진 그의 의도를 짐작하고 있는 사람은 나뿐이었다.

"알았으니까 싸움에 대해서 말해 봐, 멜리카나."

맥슨이 알프레드의 영혼을 커다란 몸으로 가리며 멜리카나를 재촉했다.

"맥슨! 엄마의 이름을 그렇게 함부로 불러도 돼요?"

"어… 엉?"

대답 대신 멜리카나의 느닷없는 질책이 날아오자 맥슨이 순간 주춤했다.

"호호호."

멜리카나가 우직해 보이는 큰아들에게 웃음을 보여줬다. 알프레드가 자신을 이해해 주자 금세 기분이 좋아진 그녀였다.

"그럼 멜리카나를 뭐라고 불러……."

말이 묘하게 끊어졌다.

"엄마에게 하는 말이 왜 그래?"

나는 웃음을 참으며 근엄하게 한마디 했다.

"내가 어때서?"

맥슨은 엄마라는 말에 기가 죽었다. 생전 불러보지도, 들어보지도 못하던 엄마였다.

"확실히 모셔야지. 어머니인데 말야."

내가 맥슨의 옆구리를 꾹 찔렀다.

"어떻게 모시는 게 확실히 모시는 건데?"

맥슨이 멜리카나의 눈치를 살폈다.

"말부터 공손하게 높여서 하고 호칭도 '어머니' 해야지!"

"너도 안 그랬잖아?"

맥슨의 하소연에 나는 잠시 주춤했다. 누구보다도 내가 엄마에게 했던 짓을 잘 알고 있는 맥슨이었다. 공손히 대하기는커녕 전쟁터에서 방금 돌아온 엄마에게 못살게만 굴었었다. 그러나 기가 꺾일 내 성격이 아니었다.

"나는 너보다 덩치도 작고 나이도 어리잖아!"

"그래도 나하고 친군데……."

"시끄러워! 그 여자 생각하기 싫으니까 어서 다시 해봐!"

내가 화를 내며 밀어붙이자 맥슨은 하는 수 없이 멜리카나에게 공손하게 말을 꺼냈다. 조금은 어울리지 않는 모습이었다.

"엄마, 어떻게 된 일인데… 요?"

맥슨이 쑥스러워했다.

"호호호, 우리 큰아들이 물어보니 대답해 줘야지."

사람들이 그 모습을 보며 웃었지만 나는 왠지 이상했다. 다섯 살짜리 꼬마 입에서 여자의 웃음소리가 나오니 섬뜩하기까지 했다.

"대단한 싸움이었어요."

대답은 맥슨에게 했지만 멜리카나는 알프레드를 보며 얘기했다.

"누군지는 알 수 없었지만 해적선에 타고 있는 사람들은 저항 한번 제대로 못했어요."

"이 배를 쑥대밭으로 만든 놈들 중에도 죽은 놈이 있을 거 아냐? 그 놈의 영혼을 붙잡고 물어보면 정체를 알 수 있잖아."

"그렇긴 한데, 침입자 중에 죽은 사람은 한 명도 없어요."

"정말?"

멜리카나가 고개를 끄덕였다.

"더욱 기가 막힌 것은 죽은 영혼이라도 살았을 때 기억은 남아 있게 되어 있는데 해적들은 전혀 기억을 못하고 있어요."

"그 말은?"

알프레드가 턱을 쓰다듬었다.

"영혼의 기억마저 지워 버린 거죠."

"으음!"

묵직한 신음 소리가 큰 스승의 입에서 흘러나왔다. 침입자들은 무엇 때문인지 제크와 해적들을 없애는 데 매우 신중을 기하고 있었다. 그만큼 중요한 일이었던 것 같다.

"침입자들은 배도 타고 오지 않았어요."

멜리카나는 그때를 계속 회상했다.

"그럼?"

"갑자기 공중에서 나타났어요."

"공중에서요?"

"으음! 공간 이동이다."

알프레드가 나하고 같은 생각을 하는지 신음 소리를 냈다.

"처, 철갑단?"

맥슨의 얼굴이 굳어졌다. 아쿠아소룸에서 공간 이동을 할 만한 부대는 흔하지 않았다.

"헤라트가 어째서 제크를 처치한 걸까?"

"짐작하기 힘든 일이다."

"그러게요. 놈한테 아무것도 이득 되는 게 없잖아요."

머리를 써야 하는 심각한 것들하고는 거리가 먼 맥슨까지도 쉽게 추리할 수 있는 말도 안 되는 일이었다.

"우리가 모르는 무엇이 있나 보다."

알프레드가 곰곰이 머리를 굴렸다.

"그래서 죽은 해적들의 영혼을 엄마가 거둔 거군요."

맥슨은 엄마라는 소리가 좋은가 보다. 틈만 나면 엄마를 부르고 있었다.

"죽은 사람을 다시 살린 이유는 나 때문인가?"

알프레드가 알투에게 들었던 내용을 끄집어냈다.

"당연히 당신하고 알투를 위해서죠. 더군다나 알투는 성장하면서 점점 당신을 닮은 인간으로 변해가는데 그렇게 되면 바다 속에는 오래 못 있어요. 그래서 당신을 기다리면서 숨을 쉴 장소가 필요했어요. 마침 이 해적선이 눈에 띈 거구요."

"마법을 걸어서 알투에게 복종하게 만들었고?"

궁금한 게 참으로 많은 알프레드다. 처음 당하는 사람은 저 집요함에 고개를 절레절레 흔들만도 했다.

"그리고 말씀드리기 전에 알아두셔야 할 것이 있어요."

"뭐지?"

"저는 신이 아니에요."

"……?"

"죽은 사람을 다시 살리지는 못해요."

"그럼 저들은 뭐야?"

알프레드가 해적을 가리키며 이해하지 못한다는 표정을 지었다.

"바다 밑에 있어야 하는 영혼을 잠시 그들의 육체에 가두어둔 거죠. 알투가 죽으면 저들도 모두 나한테 돌아와요."

"그렇다면 마법은?"

"해적들의 영혼을 육체에 다시 집어넣는 마법을 건 거예요. 아무리 영혼들을 마음대로 움직이는 나라도 그것만은 할 수 없거든요."

"그래서 자슬린을 이용했군."

"예."

멜리카나가 쉽게 대답했다.

"말을 잘 듣던가?"

"죽은 영혼들은 내 말을 잘 들어야 저승 세계에 들어가는 뱃삯을 얻을 수 있죠."

저승 세계를 다녀온 나와 알프레드는 알고 있는 얘기였다.

"그렇다면 알투가 마법의 록(Lock)인가?"

"맞아요. 해적들은 전부 알투를 나처럼 모셔야 하죠."

자슬린의 마법으로 해적들의 육체에 영혼을 가두면서 멜리카나가 그 마법을 풀 수 있는 열쇠로 채운 것이 알투였다. 그녀의 계획은 해적선을 알프레드와 알투의 저택으로 사용하려고 한 것이다. 바다에 있으면 자신도 자주 볼 수 있으니 너무 좋은 조건이었다.

"자슬린은 자기 스스로 마법을 건 거고?"

"제 말이면 다 들으니까요."

"으음!"

고개를 끄덕이는 알프레드의 모습으로 보아 의문점이 모두 풀린 것 같았다. 하지만 섣부른 짐작은 금물이었다.

"하나만 더 묻지."

"또?"

멜리카나도 남편의 집요함에 지쳐 가고 있었다. 그러나 모르는 것을 알 때까지는 남을 전혀 배려하지 않는 큰 스승이다.

"지나가는 배를 노략질하는 것은?"

"호호호."

"웃지 말고 대답해 봐!"

알프레드는 자신의 질문에 멜리카나가 웃음을 보이자 신경질을 냈다. 다른 사람들하고는 참고 잘 넘어가더니 이상했다.

"알투를 교육시키는 거예요."

"교육이라니?"

"일종의 친화력이죠."

아무리 내가 수업에 관심이 없는 아이지만 한 번도 들어보지 못하던 수업 제목이었다. 나는 알프레드를 바라보았다.

"알투와 노략질이 어떻게 친화력으로 연결되지? 설마 제크 대신 해적을 만들려고 하는 것은 아니겠지?"

"호호호, 하나밖에 없는 아들을 도둑으로 만들 부모는 없을 거예요."

"그럼?"

두 부부는 이제 아들의 교육 문제로 이야기의 주제를 몰아가고 있었다.

"인간하고의 친화력이죠. 이들은 살아 있는 사람이 아니잖아요."

"하하하."

이번에는 알프레드가 웃음을 터뜨렸다.

"이제 이해를 하시는군요."

멜리카나가 반색을 했다.

"그러니까 해적질을 하는 게 알투의 인간 수업이었군."

"맞아요. 우리에게 걸린 상인들은 통행세로 알투에게 세상의 얘기를 들려줘야 하죠."

"언젠가는 알투도 나가야 하는 세상이니까 미리 정보를 가르친다?"

"예."

"좋은 엄마이군. 그런데……."

알프레드의 얼굴이 잠시 굳었다.

"……?"

멜리카나의 얼굴에도 웃음이 지워졌다. 이것저것 물어보는 알프레드가 불안한가 보다.

"알투가 너무 아이답지 않은 거 아닌가?"

"아니에요."

"그럼, 저렇게 피를 흘리며 널려 있는 시체들을 보면서도 눈썹 하나 까딱 안 하는 게 아이답다는 거야?"

알프레드가 흥분했다.

"알투는 아직도 성장하고 있죠. 지금은 자라는 동안이라 감정 처리가 마구 들쑥날쑥이에요. 시간이 지나고 다 자라나면 괜찮아질 거예요."

"정말?"

"그럼요!"

멜리카나는 확신하고 있었다. 그래서인지 알프레드가 다른 말을 꺼냈다.

"벌써 저렇게 큰 것을 보면 바다 생물의 성장에 맞췄나 보군?"

"우리는 바다에 사는 종족이니까요. 성장도 바다 생물하고 같아요. 다만 자라는 동안은 정신 세계와 육체만 당신을 닮는 거죠. 완전히 성장이 끝나야 사람이 돼요."

"나를 닮은 것치고는 너무 잔인하군."

성정 과정이라는 말을 이해하면서도 알프레드는 알투가 우리의 목을 조건으로 걸었던 것이 마음에 걸리는 것 같았다.

"알투가 잔인하든 착하든 분명한 것은 우리 둘 중에 하나를 닮았다는 거예요."

"그렇다면 나는 아니군."

"호호호."

"으음!"

알프레드는 농담을 하면서도 안색이 어두웠다.

"너무 걱정 마세요."

알프레드의 인상이 퍼지질 않자 멜리카나가 그를 안심시키려 했다.

"알투에게도 인간의 피가 흐르고 있어. 그렇다면 사랑과 선함이 있어야 해. 잔인한 건 딱 질색이야. 특히 나의 아들로서 세상에 나가 살려면 내가 모셨던 샤론 족의 위대한 용사, 아슈빌님의 뜻인 인간 존엄의 정신을 따라야 해!"

굉장히 강한 어조였다.

"조금 전에도 말했지만 지금은 자라나는 과정이라 그래요. 맥슨만큼 자라면 괜찮아질 거예요. 그때까지 차분히 기다려 보세요."

멜리카나는 계속해서 알프레드를 이해시키고 있었다.

"믿어도 되나?"

"그럼요. 옆에서 지켜보면 알잖아요."

"좋아. 내가 일을 마치고 돌아올 때까지면 되겠지."

조금은 풀리는 기세다.

"돌아와서 알투를 보다니요?"

멜리카나가 이해하지 못하겠다는 눈치다.

"우선 해야 될 일이 많거든."

"알투를 데려가세요."

"나더러 애를 보란 말야?"

알프레드가 눈을 크게 떴다.

"금방 자랄 거예요."

"그래도 안 돼!"

"왜요?"

멜리카나는 물러서지 않았다.

"위험한 일이야."

"알투가 도움이 될 거예요."

"아무리 성장한다고 해도 이렇게 작은 애가 당장 무슨 도움이 되겠어?"

"모두 일어나라!"

알투의 몸을 빌린 멜리카나가 뒤로 돌며 양팔을 위로 벌렸다. 그러자 쓰러져 있던 제크 이하 모든 해적들이 몸을 세웠다. 심지어 맥슨의 칼에 맞고 죽었던 해적들까지도 전부 일어나서 무릎을 꿇었다.

"자슬린, 저들을 치료해라!"

"예!"

대머리 마법사가 손을 들며 해적들에게 향했다.

"리저렉션(Resurrection)!"

자슬린의 주변에 있던 푸른 기운들이 해적들의 찢어지고 부러지고 깨진 몸을 향해 날아갔다. 그리고는 잠시 후에 그 육체들이 정상적으로 회복되었다.

"너희들의 주인이 누구냐?"

부하들이 모두 완치되자 멜리카나가 본론을 꺼냈다.

"알투님입니다."

"시키는 대로 하지 않으면?"

"지옥의 문도 열리지 않을 겁니다."

멜리카나가 알프레드를 자신있게 바라보았다.

"이들도 다 데리고 가라는 건가?"

"알투만 데리고 가면 이들은 알아서 가게 돼 있어요."

"굳이 내가 알투를 데리고 가야 할 이유라도 있나?"

알프레드가 종종 써먹는 방법이었다. 상대를 끌어들여 스스로 잘못된 점을 파악하게 하는 수업법의 일종이었다. 억지로 밀어붙이던 상대라면 끝내 지고 말 수밖에 없었다. 그러나 멜리카나는 그렇게 호락호락하지 않았다.

"복수죠."

"무슨 복수?"

"자식이라면 아버지를 죽인 헤라트에게 복수를 해야죠."

"그거야……."

기습을 받은 꼴이었다. 거기다가 맥슨이 달라붙었으니 알프레드가 빠져나갈 길은 없었다.

"엄마, 걱정 마세요. 큰 스승님도 저한테 그렇게 말했어요."

"그래?"

멜리카나는 반색을 했다.

"내가 못하면 자식이 복수한다고 했어요. 그렇죠, 큰 스승님?"

맥슨이 기분 좋게 알프레드를 바라보았다.

"그래, 임마!"

못마땅한 표정이다.

"이번에는 제대로 수업받았는데 왜 그래요?"

"너무 감격해서 그렇다, 이 머저리야!"

"엄마도 들으셨죠?"

"맥슨, 고마워."

멜리카나는 맥슨의 등을 두드렸다. 덩치가 조그마한 알투가 맥슨의
등까지 손을 뻗으려니 무척이나 힘들어 보였다.

"당신도 알투를 통해서 자주 오나?"

"그럼요."

"알았어. 그렇다면 함께 가지."

"아들이 큰 도움이 될 거예요. 저도 함께할 거구요."

"그래야지. 식구가 똘똘 뭉쳐야지."

"알프레드."

나는 알투를 보며 조용히 큰 스승을 불렀다.

"윌리암, 말해라."

"알투는 알프레드의 아들이니까 우리 샤론 족인 거지?"

"당연히 그렇⋯⋯."

"나는 누가 뭐래도 샤론의 위대한 용사야!"

알프레드가 대답도 하기 전에 제 모습으로 돌아온 알투가 가슴을
두드렸다.

"내 동생, 마음에 든다!"

맥슨이 알투의 어깨를 힘차게 때리자 그 충격에 알투가 울음을 터뜨렸다.

"으앙!"

"미, 미안. 동생아, 울지 마!"

맥슨은 쩔쩔매며 우리에게 구원의 눈빛을 보였다.

"어느 정도 정리가 됐으니 우리는 쉬자."

"그래. 우리 식사도 안 했잖아."

"정말 배 많이 고프다."

우리는 알프레드를 따라 그 자리를 피했다.

"아앙!"

"카라카!"

"주인님, 저도 아이에 대해서는 잘 모르는데요."

"그래도 너는 여자잖아!"

"노노야!"

카라카는 다급한지 노노를 불러댔다.

"아이가 울 때는 젖꼭지를 물려. 그러면 될 거야."

"젖꼭지?"

노노가 아는 체를 하며 그렇게 말하자 맥슨이 자신의 가슴을 내려다보았다.

"아앙!"

알투는 쉬지 않고 울었다.

"주인님, 어서 젖꼭지를 물리세요."

카라카는 맥슨의 눈치를 보며 노노의 손을 끌고 선실로 향하는 내 뒤에 바짝 붙어 섰다. 이번만은 훌륭한 부하도 소용이 없는 듯했다.

"야! 나만 두고 가면 어떡해?"

"아앙!"

"빨리 알투 달래서 울음 그치면 들어와."

나는 선실 문을 잠그며 동그란 창문으로 맥슨을 슬며시 내다보았다. 덩치 커다란 형이 아우를 달래기 위해 가슴을 밀어대고 있었다. 두 형제의 우애있는 모습(?)을 보며 나는 하루 종일 동생이 하나 있었으면 하는 생각을 하였다. 그러나 동생을 희망했던 마음은 맥슨이 밤새 자기 가슴을 쓰다듬으며 고통스러워하는 모습을 보고서 곧바로 포기를 했다.

(4)




제크의 해적선, 아니, 정확히는 알투의 배에서 며칠을 보내며 우리 일행이 볼 수 있었던 것은 무표정한 얼굴로 기계처럼 움직이는 해적들하고 사방으로 시퍼렇게 출렁거리는 바다였다. 그동안 지나온 일들을 돌이켜 보면 모처럼 얻은 평온한 날들의 연속이었지만 나에게는 지루하기 그지없는 따분한 시간이었다. 그래도 다른 일행들은 나름대로 각자의 시간을 즐기고 있었다.

"노노야, 이거 먹어봐~"

거대한 새우를 구운 요리였다. 카리카는 이제 콧소리까지 배우고 있었다.

"아~ 아~"

노노의 입이 크게 벌어졌다.

"먹어보고 맛있으면 말해. 내가 더 갖다 줄게."

두 남녀의 사랑 도구로 쓰이는 구운 새우가 불쌍해 보였다. 껍질까지 곱게 벗긴 새우는 카리카의 작은 손에 잡혀 노노의 입으로 금세 사라졌다.

"맛있어?"

카리카의 눈이 반짝인다.

"그럼, 누가 준 건데."

노노가 얼굴을 활짝 피며 화답한다.

"우리 저쪽으로 가자."

"그래."

얼굴을 붉히며 앞장서는 카리카를 따라 흔쾌히 갑판 구석으로 걸어가는 노노를 보며 나는 고개를 절레절레 흔들었다. 시야에 망망대해만을 바라보며 서서히 무료해지기 시작한 나는 둘의 모습도 재미있었다. 하지만 하루 이틀도 아니고 매일같이 보는 눈꼴시는 장면 때문에 살 떨리는 소름이 나도 모르게 돋아났다. 어찌 됐든 노노와 카리카는 한시도 떨어지지 않으며 둘만의 사랑을 키워 나갔다.

"정말 못 봐주겠다."

나는 한 쌍의 사랑하는 커플이 이렇게까지 다른 사람을 닭살 돋게 할 수 있구나 하는 생각이 들었다. 카리카는 원래부터 천방지축이라 별로 이상할 것도 없었지만, 그동안 속마음을 내보이지 않던 노노까지 적극적으로 나서서 내 피부를 닭살로 만들었다. 해적선으로 옮겨 타면서 갑자기 돌변한 노노의 이런 태도는 이해가 되지 않기도 했다.

"선실에서 잠이나 자자."

나는 둘의 뒷모습 바라보며 자리를 떠나려고 했다.

"……?"

나 말고도 갑판으로 사라지는 두 남녀를 처다보는 또 다른 눈길을 느낄 수 있었다. 바로 알프레드였다. 그는 갑자기 변해 버린 노노를 날카로운 눈매로 지켜보곤 했다.

"으음!"

알프레드는 깊은 신음을 흘리며 알투의 머리를 쓰다듬었다. 큰 스승은 거의 모든 시간을 알투와 보냈다. 그러나 대부분 심각한 표정으로 속삭이는 것을 봐서 아들하고의 정다운 대화보다는 알투를 통해서 찾아오는 멜라카나 정신과의 의견 교환이 많은 듯했다. 혼자서 끙끙대는 알프레드의 성격상 무슨 내용인지는 알 수 없었지만 제크의 해적선을 몰살시킨 놈들에 대한 정보를 얻으려는 것 같았다.

"아직도 놈들의 흔적을 찾지 못했어요?"

"너무 완벽해."

나는 모른 척하며 알프레드와 알투의 근처로 다가갔다. 오늘도 예상대로 제크의 배를 몰살시킨 놈들을 찾는 듯했다.

"샅샅이 뒤져 봤어요?"

"놈들이 공간 이동으로 나타났다는 갑판부터 모두 뒤졌어. 그런데도 아무것도 없어."

나도 알프레드가 해적선의 구석구석을 뒤지고 다니는 것을 본 적이 있었다. 특별히 관심을 두고 보지 않았었는데 큰 스승에게는 깊은 뜻이 있었던 것이다.

"그 정도로 격렬하게 싸웠다면 분명히 흔적이 있을 텐데……."

"그러게 말야."

알프레드의 영혼이 이마에 깊은 주름을 새겼다.

"당신, 고생만 하네요."

멜리카나는 안쓰러운 듯했다.

"내 걱정은 하지 말고 놈들에게 당한 배가 또 있을지 모르니까 정보를 얻어봐."

"알았어요. 저도 더 찾아볼게요."

둘의 대화가 대충 마무리되자 나는 발소리를 죽이며 그 자리를 떠나려 했다.

"알투야."

"엉, 아빠."

엄마의 정신이 바다로 돌아간 알투는 어린아이였다. 비록 7살 정도로 커져 있었지만 아직은 칭얼거릴 나이였다.

"물고기를 손으로 터뜨려 죽이지 마라."

"그게 나쁜 일이야?"

"생명을 소중히 여겨야 하는 것은 사람이 되는 기본이다."

"아빠 말이니까 들을게."

성장 중인 알투는 내가 봐도 잔인할 때가 있었다. 그래도 아버지인 알프레드가 주의를 주면 다시는 하지 않는 착한 아들이었다.

"가서 놀아라."

"엉."

멜리카나가 알투의 몸에서 떠나고 소곤거리던 밀담이 끝나면 아들에게 몇 마디 던지고 돌아선 알프레드는 혼자만의 사색에 빠지곤 했다. 어떻게 보면 조금은 무심한 아빠 같았다. 오히려 알투와 정신없이 깔깔거리며 놀아주는 것은 맥슨이었다. 뭐가 그리도 좋은지 하루 종일 싱글벙글이다.

"알투야!"

"형아!"

"아빠하고 얘기 끝났으면 이리로 와!"

"알았어!"

알투는 맥슨을 잘 따랐다.

"오늘은 형이 싸움하는 법을 가르쳐 주마."

맥슨은 조금 자란 노랑머리를 뒤로 넘기며 알투가 다가오자 중대한 발표를 하듯 심각한 표정을 지었다.

"싸움?"

"샤론의 용사라면 싸움을 잘해야 한다."

"엉."

알투가 덩치 큰 형의 뜻을 알았는지 쉽게 수긍했다.

"자! 이걸 잡고 나를 따라해."

언제 준비했는지 맥슨은 알투에게 목검을 쥐어주었다.

"근데 형은 싸움 잘해?"

"그럼. 이 대륙에서 나를 이길 기사나 용사는 흔하지 않아."

맥슨이 가슴을 두드렸다.

"나도 싸움 잘해."

"정말?"

"형한테도 이길 수 있어."

알투가 자신만만했다.

"하하하."

동생의 그런 모습이 귀여운지 맥슨이 크게 웃었다. 그러나 알투는 천진난만하던 모습을 얼굴에서 싹 지우며 진지하게 눈을 부릅떴다.

"웃지 말고 덤벼!"

"오잉?"

맥슨이 주춤거렸다.

"내 실력을 보여줄게."

싸늘한 말투에는 정말 뭔가가 있는 듯했다.

"좋아! 우리 동생 실력 좀 볼까?"

분위기가 급선회하자 맥슨까지도 긴장했다.

"형아, 후회하지 마!"

"이거 기대되는군."

맥슨이 손바닥을 탁탁 치며 자세를 잡았다. 그러자 알투는 기다리지 않고 목검을 머리 위로 치켜들며 덩치 큰 형에게 곧바로 달려들었다.

"에잇!"

"어디!"

맥슨이 손을 앞으로 쭉 뻗었다.

"커억!"

숨넘어가는 비명 소리는 알투의 몫이었다.

"뭐야?"

기대감에 차 있던 맥슨이 너무 쉽게 끝나 버린 상황에 어이없는 표정이다. 자신의 손에 멱살이 잡혀 공중에 매달린 동생을 바라보는 형의 표정은 뭐라고 설명할 수 없을 정도로 묘하게 일그러졌다.

"혀… 혀… 형……."

허둥거리는 알투는 목이 답답한지 맥슨의 커다란 손을 움켜잡았다. 호기롭게 달려들던 자신감은 이미 사라지고 없었다.

"알투야, 싸움 잘한다며?"

실망한 말투다.

"이, 이거부터 놔줘."

목이 많이 불편한가 보다.

"그, 그래!"

맥슨은 새빨개지는 알투의 얼굴색을 보며 얼른 땅 위에 내려놓았다. 그러자 알투가 마른기침을 해대기 시작했다.

"콜록콜록!"

"괜찮아?"

"콜록콜록!"

기침을 쉬지 않고 해대는 동생을 바라보는 형의 표정에서 미안한 마음을 읽을 수 있었다.

"형아."

"왜?"

맥슨이 불안한 표정을 지었다.

"아마 세상에서 형이 제일 강한 용사일 거야."

알투는 엄지손가락을 치켜세웠다.

"······?"

"지금까지 나를 이긴 사람은 없었거든."

"누구하고 싸웠는데?"

"여기 있는 사람들하고 싸웠지."

"해적들?"

맥슨이 주변을 둘러보았다.

"엉."

나는 알투의 대답을 들으며 웃음을 짓고 말았다. 그 꼬맹이가 바다에서 올라와 만난 사람이라고는 영혼으로 움직이는 제크와 해적들뿐이었다. 모두 알투를 주인으로 모시는 사람들뿐이니 싸움에서 져 본 적이 없는 것은 당연했다.

"그럼 형한테 싸움을 배울 거지?"

맥슨도 꼬맹이 알투가 치렀을 싸움의 실체를 짐작할 텐데 동생의 칭찬에 아주 흐뭇한 웃음을 짓고 있었다.

"꼭 배울 거야. 나도 형처럼 싸움 잘하는 용사가 될 거야."

알투는 다짐을 강하게 했다.

"당연히 그래야지. 그래야 알투도 나처럼 샤론 족의 훌륭한 용사가 될 수 있는 거야."

맥슨이 알투의 머리를 쓰다듬었다.

"형! 빨리 가르쳐 줘!"

"그래!"

두 형제는 선상에서 제일 넓은 뱃머리 쪽으로 걸어갔다. 우애 깊은 두 형제의 모습을 보는 내 심정은 하나밖에 없는 친구를 잃은 서운함으로 가득했다. 맥슨은 온통 동생과 노느라고 정신이 없었다. 하기야 나처럼 매일 구박이나 하고 말도 제대로 듣지 않는 친구보다야 항상 잘 따르는 알투가 더 좋을 것이다. 거기다가 피는 섞이지 않았지만 두 사람은 형제라는 끈끈한 정까지 있었다. 내가 중간에 끼일 자리가 없는 듯했다. 대신에 맥슨의 빈자리는 씨에라가 메워주었다.

"윌리암."

"씨에라."

까만 새가 포르르 날아왔다. 죽은 후에 마법으로 살아난 그녀는 예전의 기억은 가지고 있지 않았다. 오로지 알투에게만 충성하게 되어 있었다. 하지만 세이렌인 씨에라는 의외로 나를 잘 따라다녔다.

"여기서 혼자 뭐 해?"

"저기······."

나는 턱으로 맥슨 형제를 가리켰다.

"호호호."

"왜 웃어?"

"윌리암, 또 삐쳤구나?"

씨에라는 내가 종종 알투와 노는 맥슨을 보며 투덜거리는 것을 본 것이다.

"삐친 거 아냐."

"지금도 표정이 별로 좋지 않은데?"

"따분해서 그래."

나는 출렁거리는 바다 쪽으로 시선을 돌렸다.

"조금만 더 가면 해안에 도착할 거야."

"휴우! 빨리 땅에 내리고 싶다."

우리의 여행이 오래 걸리는 이유는 사람들의 눈을 피하기 위해서였다. 프란세드라 국으로 들어갔으면 벌써 해안가에 도착하고도 남았지만 그 이후 육로로 다니려면 많은 위험을 감수해야만 한다. 그래서 대륙의 해안을 빙 돌아 두레슬라비 국으로 가고 있었다. 거기서 헤라트가 있는 칼마르 제국까지는 그리 멀지 않은 거리였다.

"모두 모여봐라!"

조용하던 해적선에 우렁찬 목소리가 들렸다.

"알프레드, 왜 그래?"

제일 가깝게 있던 내가 소리나는 곳으로 고개를 돌렸다.

"큰 스승님, 무슨 힘이 남아돌아서 소리를 지르고 그래요?"

"아빠!"

뱃머리에 있던 맥슨과 알투가 싸움 수업을 중단하고 다가왔다.

"주인님 아빠, 불렀어?"

"무슨 일인데?"

카리카와 노노가 손을 맞잡고 나타났다. 그 뒤로 제크와 대머리 마법사 자슬린 등이 보였다. 물론 그들은 알투를 주인으로 섬기게 되어 있지만 멜리카나의 조종에 의해 알프레드에게도 복종했다.

"우리는 여기서 내린다!"

"어디서요?"

맥슨이 주변을 둘러보았다.

"너는 꼭 두 번 말해야 알아들어?"

알프레드가 핀잔을 주었다.

"아니, 그게 아니고……."

"시끄러워!"

말도 못하게 잘라 버리는 알프레드를 맥슨이 어이없이 바라보았다.

"모두 준비해라. 여기서 내려서 간다."

"우리가 지금 있는 곳은 바다라고요."

"조그만 배로 옮겨 타고 해안으로 간다."

맥슨의 항변을 무시한 채 알프레드는 건조한 목소리로 우리가 할 일만을 말하였다.

"그럴 이유라도 있어?"

노노가 이해하지 못하겠다는 표정이다.

"제크, 여기가 어디쯤이지?"

알프레드는 노노의 질문에 대답 대신 제크를 바라보았다. 순간 노노의 얼굴이 잠시 굳어졌다. 다른 사람은 눈치 채지 못했겠지만 내 눈을 속일 수는 없었다.

"두레슬라비 국의 노라하트 항구 근처입니다."

무미건조한 목소리였다.

"노라하트?"

갑자기 도로시가 떠올랐다. 엄마와 함께 이름 모를 곳에서 행복하게 살겠다고 했던 갈색 머리의 노래 잘 부르는 친구의 얼굴이 뿌옇게 그려졌다.

"해안선을 더 따라서 들어가야 칼마르 제국에 쉽게 도착할 텐데?"

조금 전 알프레드에게 무시를 당했던 노노가 웃으며 다시 질문했다.

"제크, 작은 배를 준비하라!"

"으읍!"

또 한 번 무시를 당한 노노가 주먹을 불끈 쥐었다.

"빠를수록 좋아."

"예! 바로 준비하겠습니다."

제크가 부하들을 이끌고 해적선 옆구리에 묶여 있는 작은 배를 가지러 자리를 떠났다. 갑자기 해적선이 분주해졌다.

"매번 그러지 말고 얘기를 하라니까요. 혼자서만 알면 우리가 어떻게 처신을 해요?"

맥슨이 알프레드의 성격을 꼬집었다.

"내가 하라는 대로 해서 네놈이 손해 본 거 없다."

"우리 주인님한테 말씀 함부로 하지 마세요!"

카리카가 잉칼지게 알프레드에게 쏘아붙였다.

"맥슨, 가뜩이나 정신없는데 제발 저 조그만 숙녀 좀 나서지 못하게 해라."

"그거야 큰 스승님 하기 나름이죠."

맥슨은 다리를 떨면서 그 특유의 거드름을 피웠다.

"네놈이 그러니까 나한테 욕을 먹는 거야."

알프레드가 맥슨을 흘겼다.

"내가 질문한 거에는 대답하지 않았는데?"

노노가 그냥 넘어가지 않으려는 듯했다. 그동안 지내오면서 둘은 보이지 않는 신경전을 펼치고 있었다. 사소한 것들이라 별로 관심을 주지 않았지만 가만히 따져 보면 일어나서 다시 잠자리에 들기까지 말 한마디 하지 않을 때도 있었다. 하지만 둘은 서로를 많이 의식하고 있었다.

"나는 노노를 우리 일행이라고 생각하지 않아. 그러니까 따라올 거면 따라오고, 아니면 관두면 되는 거야. 누가 뭐라고 하지 않으니까 그런 거 묻지 마!"

"일행이 아니라고?"

노노의 인상이 찌그러졌다.

"우리가 억지로 같이 가자고 한 적은 없잖아. 자네가 좋아서 따라온 거지."

"처음에는 그랬지. 하지만 이유야 어찌 되었든 당장 코앞에 놓인 우리의 목적은 하나잖아. 헤라트에게서 사비나를 구해 오는 거 말야."

"그렇다고 해도 자네가 우리의 일행이라고는 할 수 없어."

"어째서?"

"우리의 최종 목적은 서로 다르니까."

"최종 목적?"

노노의 입꼬리가 올라갔다.

"자네는 신들이 남긴 보물의 주인을 알아내는 거고, 우리는 헤라트를 없애고 샤론 족을 다시 세우는 거지."

알프레드는 노노가 카리카와 결혼한다며 우리 일행을 쫓아올 때부터 그의 의도를 알고 있었다. 누가 봐도 쉽게 짐작할 수 있는 일이었다. 다만 반대하던 그가 나중에 가서는 쾌히 승낙한 이유를 하이드랜드에서 알았을 때 나 혼자 감탄했던 기억이 있다. 그러나 삼촌들을 꼼짝 못하게 했던 노노의 역할은 그때로 끝나 있었다.

"목적으로만 따지자면 카리카도 다르지. 오히려 카리카는 보물의 주인을 찾으려는 내 목적에 더 가깝지."

노노는 옆에 서 있는 카리카의 어깨에 손을 얹었다.

"아니!"

고개를 약간 옆으로 눕히며 알프레드가 짧게 대답했다.

"……?"

"카리카는 맥슨의 소유물일 뿐이야. 따라서 그녀의 목적 따위는 생각할 가치도 없다."

"소유물?"

노노가 놀라며 카리카를 바라보았다. 하지만 당사자인 카리카는 눈만 반짝일 뿐 아무런 말도 하지 않았다. 내 짐작으로는 분명 카리카는 소유물이라는 말의 뜻을 모를 것이다.

"조금 심한 비유이군."

"자네도 봐서 알겠지만 카리카는 맥슨을 주인으로 모시고 있어."

"나도 카리카에게 들어서 그 내용을 알고는 있지. 하지만 그녀의 궁극적인 목적은 보물의 주인을 찾는 거야."

요즘 들어 카리카에게 가까이 붙어 있던 노노가 모든 사실을 안 것 같았다. 하기야 처음부터 어느 정도의 짐작을 가지고 우리를 따라나섰으니 지금쯤이면 맥슨과 카리카의 관계를 알고도 남을 시간이었다. 더군다나 신성한 검을 쓰는 카리카를 유심히 바라보던 그였다.

"카리카의 목적에 대해서 잘못 알고 있군."

알프레드는 느긋했다. 그의 머리는 벌써 계산이 끝난 것 같았다.

"나는 들은 대로 말하는 것뿐이야."

노노가 웃으며 카리카를 가리켰다.

"그렇다면 자네가 너무 오래 살아서 귀가 어두워졌군. 카리카는 그렇게 말하지 않았을 텐데 말야."

"내 귀는 아직 멀쩡하네!"

알프레드와 노노의 기(氣) 싸움은 팽팽했다. 그동안 아무 말 없이 지켜만 보던 알프레드가 노노에게 본심을 보인 것은 무엇인가 중요한 일이 임박했다는 암시이다. 계획보다 멀리 떨어진 장소에 상륙하려는 큰 스승의 의도와도 연관이 있을 것이다.

"카리카."

"왜?"

카리카가 알프레드를 천진난만한 얼굴로 바라보았다. 그녀는 눈앞에서 펼쳐지고 있는 설전에는 관심이 없는 듯했다.

"너의 목적이 뭐지?"

알프레드가 노노와 카리카를 번갈아 보았다.

"신의 정령이신 사로드님이 나한테 보물의 주인을 찾는 데 최선을 다하라고 했어."

"후후후."

노노가 만족스럽게 웃었다.

"그것보다 더 중요한 건?"

알프레드는 물러서지 않았다.

"신의 대리인이신 우리 주인님을 잘 모시는 거지."

"후후후."

이번에는 알프레드가 웃으며 말을 계속했다.

"신의 대리인인 맥슨을 우선으로 도운 후에 보물의 주인을 찾는 게 카리카의 목적이야. 보물의 주인을 찾는 것은 오히려 맥슨이 신전에서 사로드님한테 부여받은 임무지."

"좋아, 그렇다고 하지."

노노가 표정을 일그러뜨리며 머리를 끄덕였다. 카리카가 직접 자신의 임무를 말했으니 더 이상 따질 문제는 아니었다. 가만히 지켜보던 알프레드가 다시 본론을 꺼냈다. 그의 의도는 분명 노노를 어떤 방법으로든 처리하려는 듯했다.

"그럼 판단은 자네가 해야지. 우리를 따라가든지, 아니면 독자적으로 이곳을 떠나서 움직이든지 둘 중에 하나를 선택하게."

"안 돼!"

그때까지 조용히 있던 카리카가 앞으로 나섰다. 그녀의 목소리에는 노노가 혹시 떠날지도 모른다는 불안감이 깃들어 있었다.

"카리카! 노노는 너를 사랑해서 따라다닌 게 아냐."

알프레드는 카리카를 달랬다.

"아무래도 상관없어. 지금은 내가 너무 좋아하니까 무조건 이곳에 남아야 해."

카리카의 얼굴이 굳어졌다. 그녀는 시간이 지나면서 노노를 더욱 가까이하고 있었다.

"다른 친구들이 나를 별로 좋아하지 않는군."

노노가 어깨를 으쓱했다.

"그래서 떠나겠다는 거야?"

"카리카, 어쩔 수가 없잖아."

"그렇다면 내 손에 죽어야지."

"뭐?"

카리카의 갑작스러운 말에 노노가 깜짝 놀랐다.

"나하고 결혼하기로 약속해 놓고 그냥 떠날 수는 없어."

"하지만 친구들이……."

노노가 변명을 하려고 했다. 그러나 다른 사람처럼 변해 버린 카리카에게는 통하지 않았다. 그녀를 만나고 처음 보는 태도였다.

"분명히 노노가 말했어. 우리 주인님의 부하가 돼서 나하고 같이 다닐 거라고 말야. 그러니까 친구들이 어쩌고 하는 변명은 통하지 않아. 부하는 무조건 주인의 말을 따라야 하는 거야. 만약 이대로 내 곁을 떠나려 한다면 거짓말에 대한 벌을 받아야 해. 다만 주인님이 노노더러 떠나라고 한다면 그냥 보내주겠어."

이렇게 진지한 카리카를 본 적이 없었다. 그녀는 진정으로 노노를 사랑하고 있는 듯했다.

"카리카, 이번 문제는 노노 스스로에게 맡기도록 하마."

맥슨은 노노의 거취 문제를 당사자에게 넘겨주었다.

"노노! 결정해!"

카리카의 목소리는 비정하기까지 했다. 만일 노노가 이대로 떠난다면 무슨 일이든 크게 터질 것 같았다. 그때 노노가 카리카의 눈빛에 질렸는지 자포자기하듯 큰 소리를 냈다.

"알았어! 알았다고! …무조건 따라가도록 하지!"

"정말 우리하고 같이 가는 거지?"

심각하던 카리카의 얼굴이 다시 밝아졌다.

"그래. 하지만 나는 이해하지 못하겠어."

노노는 알프레드를 바라보았다.

"무엇을 이해하지 못한다는 거지?"

"알프레드가 갑자기 나를 이렇게 대하는 이유 말야."

"앞으로 사사건건 시비 걸지 못하게 하려고."

알프레드의 이유가 너무 간단했다.

"내가 시비를 걸다니?"

노노의 표정이 억울한 듯했다.

"카리카를 따라오기 위해 맥슨의 부하가 된다고 약속도 하고 우리하고 친구도 됐지만, 앞으로는 우리의 말을 잘 들어야 하거든. 하지만 내가 지금부터 가려는 길은 자네한테는 별로 쓸모없는 방향이지. 그래서 내가 하는 일을 물고 늘어질 수도 있을 것 같아서 말을 안 들을 거면 떠나라고 한 거야."

알프레드의 뜻을 알 것 같았다.

"이유를 알면 내가 걸고넘어지진 않아."

"지금부터는 내가 하는 일에는 신경 쓰지 말고 맥슨의 명령만 잘 따르면 돼. 알았어?"

"약속을 했으니 앞으로는 그렇게 해야지."

노노가 더 이상은 질문을 하지 않은 채 쓴 입맛을 다시며 맥슨을 쳐다보았다.

"내가 보기에는 노노가 전혀 손해는 아닌 것 같네."

우리는 소리나는 쪽으로 일제히 고개를 돌렸다. 조금은 키가 더 크고 노랑머리가 많이 자란 알투였다.

"내가 손해가 아니라니?"

노노는 알투를 신기한 듯 바라보았다. 그뿐만 아니라 우리 모두 응석만 부리던 알투가 너무 어른스럽게 말한 것에 대해 놀라고 있었다.

"얘기를 종합해 보니까 노노가 원하는 목표를 이룰 사람은 신의 대리인이라는 우리 형이잖아. 이렇게 같이 다니다 보면 언젠가는 보물의 주인을 찾을 테고, 둘 중 하나는 그 주인을 필요한 데 쓰겠지. 그러니까 노노도 손해는 아니지. 어쩌면 노노가 이득이다."

"이득?"

나는 알투와 눈 높이를 맞추며 쭈그리고 앉았다.

"맥슨 형이 신전에서 임무를 부여받고 왔으니까 보물의 주인은 신의 대리인인 형밖에 못 찾겠지. 노노는 평생 찾지 못할 거야. 설령 찾더라도 형보다는 가능성이 많이 모자라겠지."

"하하하, 맞는 말이다. 노노가 보물의 주인을 찾으려면 오히려 맥슨을 이용하는 게 더 빠르다는 말이구나."

알프레드가 웃음으로 아들의 장한 모습을 칭찬했다.

"알투야, 그걸 어떻게 알았어?"

나는 알투의 머리를 쓰다듬어 주었다.

"엄마가 말하기를, 너의 아버지는 세상에서 제일 영리하다고 했어. 그래서 아버지를 닮은 나도 지혜로울 거라고 그랬거든."

"결론은 아빠를 닮아서네?"

"엉."

알투가 밝게 대답했다. 그 모습을 보는 알프레드의 얼굴에는 숨기지 못할 흐뭇함이 묻어 있었다. 이로써 샤론 족에는 지혜로운 인물이 하나 더 생겨났다.

"그렇다면 이번에도 카리카를 사랑해서 나를 따라오는 게 아니군."

맥슨은 노노를 탐탁지 않게 바라보았다. 순간 내가 맥슨의 옆구리를 쿡 찔렀다.

"쉽게 오해 마라! 그렇다고 너를 사랑해서 쫓아가는 것도 아니니까."

"이구구, 생각만 해도 끔찍하다."

몸서리치는 맥슨을 보던 카리카가 고개를 떨구었다.

"주인님."

"왜?"

"노노가 주인님을 사랑한다면 제가 어떻게 해야 하죠?"

우리는 심각한 표정의 카리카를 보며 잠시 무슨 대답을 할까 생각했다.

"카리카, 그런 걱정은 하지 마라."

맥슨이 달랬지만 카리카는 울먹거리기까지 했다.

"알투의 말을 들으니 노노가 주인님을 따라가는 게……."

"사랑은 남자하고 여자가 하는 거야. 남자끼리나 여자끼리는 사랑할 수 없어."

내가 설명을 해주었다.

"정말?"

"카리카는 그런 것도 몰라?"

"휴우! 그럼 다행이네."

크게 안도의 한숨을 쉬는 카리카를 바라보던 알프레드가 노노에게 물었다.

"노노, 진정으로 카리카를 사랑하나?"

"후후후."

노노는 대답 대신 웃기만 했다.

"자네의 목적도 이제는 모두 밝혀졌으니 한번 그 본심을 말해 봐."

우리는 알프레드의 제안에 솔깃했다.

"사실 나는 지금도 믿을 수가 없어."

노노가 꺼낸 첫마디는 우리의 현재 상황 자체를 인정하기 힘들다는 거였다. 비록 카리카를 통해서 듣기는 했지만 금세 이해가 가지는 않는다고 했다.

"보고도 못 믿으면 어떡하나?"

맥슨이 한마디 했다.

"나는 신전에서 나오는 당신들을 보며……."

그동안에 노노가 가졌던 생각들을 들으며 나는 드래코니안이 머리를 쓰느라고 고생을 많이 한 것 같아 안쓰럽기까지 했다. 나를 두고 신전에서 도망쳤던 노노와 드라코리치 등은 내가 살아 나올 동안 무척이나 궁금했다고 한다. 처벌을 받아 죽었으면 어떤 조짐이라도 있어야 하는데 신전은 조용하기만 했으니 초조했을 것이다. 그렇게 기다리던 중 내가 살아서 나왔으니 별의별 상상을 다 했을 건 뻔한 사실이었다. 특히 신전에 들어갈 때는 보이지 않던 맥슨과 카리카가 함께 나오자 그의 머리 속은 종잡을 수가 없었다.

"나는 보물의 주인이 아닌 윌리암이 무사히 살아 나온 것을 보면서 틀림없이 맥슨과 카리카가 신전하고 연관이 있을 거라고 짐작했어. 더군다나 마법을 쓸 줄 아는 요정이 맥슨에게 주인님이라고 할 때는 그 짐작이 내 머리 속에 자리 잡았지. 그래서 윌리암을 따라가려던 계획을 카리카와 맥슨에게 맞췄던 거야."

문제는 알프레드의 반대였다. 이런저런 실랑이를 하던 중 큰 스승은 맥슨의 부하가 되기로 약속한 노노를 하이드랜드에서 이용하기 위해 허락했고, 나중에 그 사실을 알게 된 노노는 더욱 비참했다고 했다. 그는 의심을 피하기 위해 카리카에게 아무것도 묻지 않았다. 그러다가 해적들과 싸우던 카리카가 신성한 검을 이용한 마법을 쓰자 그녀가 신전의 요정이라는 걸 확신했다. 그러나 맥슨의 정체는 알 수가 없었다. 다시 살아난 사실은 하이드랜드에서나 우리들의 대화를 통해서 알고는 있었지만 신께서 주신 신성한 검을 가진 요정이 인간의 부하라는 것은 쉽게 납득이 가지를 않았다.

"맥슨이 신의 대리인이라는 사실도 근래에 안 거지. 많은 것은 아니고, 라이브 스톤으로 살아나서 신의 피가 흐른다는 정도만 카리카를 통해서 알게 된 거야."

노노가 대충 자신의 머리 속에 가지고 있던 것들을 털어놓았다. 이제는 쓸모없는 생각들이었지만, 당시에는 정말 가슴을 답답하게 했을 찌꺼기들이었다.

"설명 중에 중요한 걸 빼놨군."

"후후후, 카리카 말이야?"

노노는 의미 모를 웃음으로 카리카를 바라보았다.

"솔직히……."

카리카가 눈을 더욱 반짝였다.

"처음부터 좋아했어."

"야호!"

환호성은 여자의 목소리였다.

"믿을 수야 없지만 본인이 그렇다니까 할 수 없이 넘어가야지."

알프레드가 뒷짐을 졌다.

"세상은 다 속고 사는 거잖아요?"

맥슨이 알프레드를 받쳐 주었다.

"그래도 여자에게 맞을까 봐 남자가 거짓말하는 건 보기에 안 좋다."

나라고 빠질 수는 없었다.

"……?"

우리가 전부 단정을 하며 한마디씩 하자 노노가 어이없는 표정을 지었다. 그러나 카리카만은 아랑곳하지 않고 노노를 사랑스러운 눈으로 쳐다보았다. 어느새 저렇게 가까워졌는지는 모르겠지만, 그래서 사랑은 아름다운 것인 것 같았다. 하지만 미움이 사랑에 앞선다는 나의 생각에는 변함이 없었다.

(5)

　해적선에서 내려 작은 배로 옮겨 탄 우리들이 도착한 곳은 노라하
트 항구에서 조금 떨어진 해안이었다. 그곳은 인적이 드물어 육지까
지 올라오는 데는 크게 지장이 없었다. 노노와 카리카가 앞서고 나와
맥슨이 뒤를 살폈다. 노랑머리를 두건으로 가리기는 했지만 혹시 모
를 위험에 대비한 알프레드의 지시였다.

　알투를 비롯한 해적들은 나중에 합류하기로 하고 대기시켜 놓았다.
알투가 아직도 더 자라야 하고 너무 많은 인원이 몰려다니면 남들 눈
에 쉽게 띄므로 일단은 씨에라가 연락을 취하면서 상황을 보기로 했
다. 우리 일행은 알프레드의 지시에 따라 움직였다. 큰 스승이 해적선
에서 갑자기 방향을 바꾸어 찾아가는 곳은 그린 족의 마을이었다.

　"아만다가 나를 알아볼까?"

　맥슨은 들떠 있었다.

"이제 3개월 조금 지났는데 당연히 알아보겠지."

대답하는 나도 신나기는 마찬가지였다. 초록색 머리칼의 예쁜 누나인 아만다가 벌써부터 눈가에 아롱거렸다. 내가 이 정도이니 맥슨의 심정은 말하지 않아도 알 것 같았다.

"노노, 불만있는 것은 아니지?"

알프레드가 은근히 노노를 떠보았다.

"없다고 하면 거짓이겠지만 그래도 따르기로 약속했으니까 아무 소리 안 할 거야. 그러니 걱정 마."

"그래야지."

알프레드는 웃음을 보이는 노노를 보며 만족한 표정을 지었다. 그의 의도대로 노노는 순순히 우리를 따라오고 있었다. 사실 그린 족의 마을이나 다음 목적지인 사즈후튼가는 노노에게 있어서 불필요한 곳들이었다. 큰 스승은 이번 계획을 짤 때부터 노노의 반대를 염두에 두었다. 그러나 알프레드의 계획이 궁금한 것은 정작 나였다. 비록 보고 싶던 사람들을 만나서 기분은 좋았지만 화급을 다투는 일이 아니었다. 더군다나 사즈후튼가가 있는 자코빈은 두레슬라비 국의 남쪽에 위치하고 있어서 칼마르 제국과는 거리적으로 그린 족의 영토보다 더 멀리 떨어진 곳이었다.

"알프레드."

나는 호기심 많은 아이였다.

"왜 그러냐?"

"뭐 좀 물어보려고."

"뭔데?"

나는 잠시 뜸을 들였다. 그러다가 이내 마음을 바꿔 내 호기심을 접기로 했다.

"아냐, 다음에 물어볼게."

지금은 그냥 아만다 누나를 볼 수 있다는 기쁨만을 누리고 싶었다.

"싱겁기는……."

알프레드가 지형을 살피려는지 앞으로 날아갔다.

"낙엽이 많이 쌓였네."

나는 땅바닥을 툭툭 찼다.

"마을을 통해서 가면 더 편하고 빨리 갈 텐데."

맥슨이 조급한 마음을 드러냈다. 그러나 조심성 많은 알프레드에게는 전혀 통하지 않을 말이었다.

"주인님."

"왜?"

카리카는 항상 노노와 맥슨 사이를 오가고 있었다.

"주인님하고 결혼할 레이디도 예뻐요?"

"그럼~ 얼마나 예쁜데."

"나보다 더 많이?"

"으음!"

맥슨은 얼른 대답하지 못했다.

"빨리 말해 봐요."

카리카는 예쁜 것에 목숨 건 여자 같았다.

"당신이 더 예쁠 거야."

대답은 엉뚱하게도 노노가 했다. 둘은 멜리카나 덕분에 사랑하는 연인이라는 뜻으로 당신이라는 말을 자주 썼다.

"좋겠네. 예쁘게 봐주는 사람도 있고 말야. 하기야 내가 봐도 카리카는 정말 예뻐."

내가 카리카를 부러운 눈빛으로 바라보았다. 그러나 나의 찬사를 듣고도 맥슨에게 예쁜 거로 목숨 걸고 덤비던 카리카의 표정은 별로 밝지 않았다.

"윌리암, 그런데……."

"왜?"

"네가 그런 말 하면 느낌이 없어."

"카리카에게 내가 예쁘다고 하면 느낌이 없다고?"

"휴우, 그래."

카리카의 한숨에 묻혀 나올 답이 뻔하자 나도 기분이 나빠지려고 했다. 보나마나 엘프보다 더 예쁜 네가 어쩌고 하는 소리를 할 것이다. 요즘은 조금 덜 듣나 했더니, 오늘은 그 괴로운 소리를 들어야 할 것 같았다. 그러나 이런 내 예상은 여지없이 무너졌다.

"윌리암같이 어린아이한테 예쁘다는 소리 들어야 아무 소용이 없어."

"어린애?"

우선 생각과는 다른 이유여서 기분이 크게 상하지는 않았다. 하지만 어린애라는 단어도 그렇게 썩 기분 좋은 소리는 아니었다.

"어린아이들이 나더러 예쁘다고 하면 기분은 좋을지 몰라도 가슴이 두근거리거나 얼굴이 뜨거워지지는 않아. 적어도 노노나 주인님처럼 멋있는 남자들이 예쁘다고 해야 황홀한 기분이 들거든."

카리카는 노노를 지그시 바라보았다.

"내가 어린애 같아?"

나는 인정할 수 없다는 표정으로 고개를 번쩍 들었다. 카리카와는

키도 비슷한데 그녀가 나를 어린애 취급을 하다니, 엘프보다 예쁘다
는 말만큼이나 기분이 안 좋은 소리였다. 여기까지 오는 동안 내가 샤
론 족의 용사로서 얼마나 용감하게 싸웠는데 어린애라니, 받아들일
수가 없었다.

"윌리암은 어린애가 아냐?"

"난 열다섯 살이야. 싸움도 많이 한 용사라고."

"싸움을 많이 했다고 사랑도 하고 결혼도 할 수 있는 건 아니지."

"사랑을 하고 결혼을 해야 어른이라면 나도 하면 되지."

지기 싫어하는 내 오기가 대화를 이상한 방향으로 흐르게 했다.

"이거 나보다 윌리암이 먼저 결혼해야겠네."

노노가 재미있는지 우리 대화에 끼어들었다.

"결혼을 혼자 할 수야 없지."

"그럼 내가 빨리 여자를 구해줘야겠구나."

맥슨과 알프레드도 차례대로 한마디씩 했다. 내가 어린애라는 것으
로 모두가 약을 올리고 있는 것이다. 그래도 나는 화가 치미는 것을
참았다. 어차피 지금은 누구도 내 편이 돼주지 않을 게 뻔했다.

"주인님!"

카리카는 내가 대꾸없이 우물쭈물하자 맥슨을 불렀다.

"누가 더 예쁘냐고?"

"그래요."

"카리카가 예쁘다고 노노가 말했잖아."

웬일로 단순한 맥슨이 대답을 빼고 있었다. 그만큼 외모에 대해선
집요한 데가 있는 카리카였다. 신전에서 처음 나왔을 때 노노에게 빠
진 그녀의 모습을 보며 그냥 외모에 관심이 조금 많은 요정이구나 했

었다. 여자이기에 당연하다고 생각했었는데 시간이 지날수록 심해지는 것 같았다. 해적선에서는 씨에라에게 눈을 흘기는 그녀를 본 적도 있었다.

"주인님한테 직접 듣고 싶어요."

"자신이 사랑하는 여자가 더 예쁘고 아름다운 거지."

맥슨이 대답을 돌려서 했다. 그러자 카리카는 실망한 모습이었다.

"역시 아만다라는 분이 저보다는 더 예쁜가 보군요."

"카리카, 당신은 나한테만 예쁘게 보이면 돼."

노노가 카리카를 위로했다.

"나는 당신이 사랑하는 내가 세상에서 제일 예뻤으면 해요."

"왜?"

"노노에게 기쁨을 주기 위해서야."

"하하하."

카리카의 마음을 알고 있는 노노가 기분 좋게 웃었다.

"나는 지금도 기뻐. 마법을 카리카만큼 잘하는 여자는 이 세상에 없을 거야."

"마법보다는 얼굴이 예뻐서 남들이 모두 노노를 부러워했으면 좋겠어."

"세상 사람들이 나를 제일 행복한 남자라고 할 거야. 모두 부러워하면서 말야."

노노는 계속 웃고 있었다.

"그래도 노노를 위해서 예뻐질 거야."

나는 사랑에 빠진 여자의 마음을 알 수 있었다. 카리카가 외모에 신경 쓰는 이유가 자신보다는 노노 때문이라는 말이 선뜻 이해는 가지 않았지만 예전에 노라하트 항구에서 도로시를 보내며 드워프의 보물인 파트리시어스라도 주고 싶었던 기억이 떠올랐다. 그렇다고 내가 도로시를 사랑했던 것은 아니지만 친구로서 좋아하는 감정은 가지고 있었다. 카리카를 바라보며 사랑을 하면 저렇게 될 수도 있구나 하는 생각을 하는데 느닷없이 대화의 화살이 내게로 날아왔다.

"그렇게 예쁘고 싶으면 윌리암에게 물어보면 되잖아."

"노노!"

나는 소리를 질렀다. 드래코니안이 말하는 뜻을 알고 있었다.

"엘프보다 더 예쁜 윌리암이 잘 가르쳐 줄 거야. 그러니까 너무 걱정하지 말아요."

"맞아!"

카리카는 먹이를 발견한 새처럼 나를 그 특유의 반짝이는 눈으로 쳐다보았다.

"미리 경고하는데, 내가 제일 싫어하는 게 무엇인지 확실하게 알고서 행동해."

"나도 알고는 있지만 상관없어."

"그럼 내 발에 한번 차여야겠군."

내가 발을 들면서 엄포를 놓았다.

"윌리암, 예뻐지는 비법만 말해 주면 돼."

나의 경고를 무시하고 카리카가 다가왔다. 그녀는 나를 고문이라도 할 기세였다.

"맥슨!"

이 순간 빠져나갈 길은 오로지 덩치 큰 친구밖에 없었다.

"알프레드님, 아직 멀었어요?"

맥슨이 딴청을 했다.

"조금만 더 가면 그린 족의 마을로 올라가는 입구가 나타날 것이
다."

알프레드도 내가 겪고 있는 곤혹을 모른 척했다. 아마 그들도 나의
지금 처지를 즐기고 있을 것이다. 매번 내 비유만 맞춰주었던 지난날
의 보상이라도 받으려는 태도가 분명했다.

"가까이 오면 그냥 두지 않을 거야."

나는 '헤데지바의 거울'을 앞으로 내밀었다.

"윌리암, 그런 것은 나에게 소용없어."

카리카는 어떡하든지 예뻐지는 방법을 알려고 했다.

"이 거울은 10기가의 능력이 있다고."

"예뻐진다면 어떤 희생도 치를 거야."

사랑에 빠진 여자 요정은 물러나지 않았다.

"나도 도와주지."

노노가 곁에 바짝 붙으며 나에게 몰래 윙크를 했다. 그러더니 내 귓
가에 다가와서 속삭였다. 연인인 카리카를 위한 부탁이었다.

"못 이기는 척 넘어가줘. 그래야 카리카의 기분이 풀릴 것 같아."

"내가 예뻐지는 방법을 어떻게 알아?"

"대충 얼버무리면 돼. 지금 이 자리만 피하면 카리카도 괜찮아질
거야."

"아니, 결론이 왜 나냐고!"

나는 억울했다. 어른들이라던 자기들끼리 예쁘니 어쩌니 하면서 실
컷 떠들다가 어린애라고 놀려대던 나에게 모든 것을 맡겨놓으니 억울
한 마음마저 들었다.

"무슨 말을 그렇게 해요?"

카리카가 노노의 소매를 잡아당겼다.

"윌리암이 가르쳐 준대."

노노가 나한테서 떨어지며 또 한 번 남몰래 윙크를 했다.

"정말?"

"윌리암, 가르쳐 줄 거지?"

"어엉……."

나는 썩 마음이 내키지는 않았지만 일단 대답부터 했다.

"고마워!"

카리카가 내 손을 꽉 부여잡았다.

"고맙긴… 나도 카리카가 예뻐지면 좋아."

억지로라도 어차피 하기로 한 거 최대한 좋은 말로 카리카를 기쁘게 해주었다. 그래서인지 카리카는 기분 좋게 웃음을 던지며 농담도 했다.

"호호호, 가슴은 떨리지 않지만 어린애라는 말은 취소할게."

"나도 고마워."

태어나서 쓴웃음을 흘리며 이렇게 물러나기는 처음이었다. 노노와 카리카도 언젠가는 서로 미워할 때가 있겠지만 사랑의 힘은 위대한 것 같았다.

"카리카, 잠시만……."

나는 카리카의 손을 놓고 맥슨에게 다가갔다.

"맥슨."

"어쩐 일이야?"

맥슨은 내가 카리카에게 꼼짝 못하고 넘어가자 신기한가 보다.

"이제 정말 어른이 된 건가?"

알프레드는 신기한 것을 넘어서서 무척이나 대견스러운 눈길을 주고 있었다.

"맥슨!"

나는 숨을 골랐다.

"왜 자꾸 불러?"

"그 대가는 네가 받아야 해."

"무슨 대가?"

"에잇!"

대답 대신 날아온 내 발길질에 맥슨은 발목을 만지며 자지러졌다.

"아구구."

"이제야 조금 풀리네."

나는 손바닥을 탁탁 털었다.

"내가 무슨 소리를 했다고 그러는 거야?"

"너는 원인 제공자야."

"하하하."

알프레드가 배를 잡고 웃었다.

"맥슨이 아만다보다 카리카가 예쁘다고 한마디만 했으면 내가 이런 곤혹을 치르진 않았을 거 아냐? 그리고 카리카는 맥슨의 부하잖아."

"으그."

맥슨이 아픈지 아픈 발목을 잡고 낑낑거렸다.

"그리고……."

나는 맥슨을 돌아보며 아버지의 신조를 들려주었다.

"나보다 약한 자를 괴롭히지 마라!"

"……."

뭐라고 대들려던 맥슨이 아버지의 얘기가 나오자 수그러졌다.

"윌리암, 이제 가르쳐 줘."

카리카는 맥슨에게 볼일을 보고 돌아서는 나에게 달려왔다. 그때 맥슨이 씩씩거리며 화를 벌컥 냈다.

"카리카!"

"예! 주인님!"

모두 너무 놀라 걸음을 멈추었다. 그만큼 맥슨의 화는 머리 꼭대기 까지 올라 있었다. 하지만 우리 중에 제일 가슴이 철렁했던 것은 카리 카였다. 지금까지 주인님이 이렇게 화가 나서 부른 적이 없었던 것이 다. 그녀의 두 눈이 더욱 커졌다.

"노노하고 사랑을 하는 것은 좋지만 너의 임무를 잊지 않았으면 한 다."

소리를 버럭 지른 것과는 다르게 차분한 내용이었다. 하지만 내가 보기에는 쫙 가라앉은 맥슨의 목소리가 그의 본모습과는 너무 어울리 지 않았다.

"명심할게요."

카리카는 맥슨의 목소리가 느슨하게 풀려 있자 조금은 안심한 모습 이었다.

"너의 임무가 뭐지?"

다시 길을 떠나면서 맥슨이 부하를 교육하기 시작했다. 나한테 당 한 분풀이라도 하려는 듯했다.

"주인님을 잘 모시고 보물의 주인을 찾는 겁니다."

"그런데 지금 나를 잘 모신다고 생각해?"

"최선을 다하려고 해요."

"내가 윌리엄에게 맞아도 가만히 있고……."

"죄송해요."

카리카는 주인의 교육을 들으며 어깨를 움츠렸다. 노노가 안쓰러운 표정으로 연인을 바라보았지만 나설 수 있는 자리가 아니었다.

"앞으로 이런 일이 자꾸 생기면 내가 어떻게 너를 믿고 일을 할 수 있겠어?"

"정말 잘할게요."

"으험!"

맥슨은 카리카에게 한껏 퍼부으면서 기분을 풀려는 모습이었다. 하지만 덩치 큰 친구의 거드름 피우는 모양새가 얼마나 눈꼴신지 카리카에게 동정심을 느낄 정도였다.

"그리고 신의……."

끝날 듯하면서 이어지는 맥슨의 부하 다루기는 알프레드의 비꼬는 말에 멈추었다. 큰 스승도 나만큼 비위가 상했을 것이다.

"임마, 너나 잘해!"

"제가 뭐요?"

"한 개를 가르치면 열 개를 잊어버리는 놈이 누구한테 훈계를 해?"

"그… 거야 옛날 얘기죠."

맥슨이 창피한지 카리카의 눈치를 살폈다.

"그래?"

알프레드가 의미심장한 미소를 지었다.

"그때는 나이도 어리고 철이 너무 없었어요."

맥슨이 후회하는 척했다.

"네가 그렇게 생각하니 지금부터는 믿어도 되겠구나."

"여… 기서 수업을 하려고요?"

알프레드의 웃음 띤 얼굴을 보며 맥슨이 대답보다 더듬거리기에 바빴다. 아무래도 큰 스승의 웃음이 불안한 것 같았다.

"당장 수업을 하겠다는 게 아니라 네 마음가짐이 어떤가 보는 거야."

"아하……."

맥슨이 한숨을 놓았다.

"결론은 내가 하는 수업에 토 안 달고 잘할 거다~ 이거지?"

"그… 렇죠."

여전히 카리카의 눈치를 살피는 맥슨은 부하에게 약점을 잡히지 않으려는 모습이 역력했다. 알프레드가 나서는 바람에 카리카는 맥슨의 잔소리에서 겨우 벗어날 수 있었다.

"거의 다 왔구나."

이런저런 얘기로 정신없이 산길을 걸어온 우리의 눈앞에 넓은 벌판이 나타난 것은 카리카가 예뻐지기 위한 방법을 배우려고 나한테 수도 없는 눈짓을 보낸 뒤였다. 그러나 나는 맥슨 근처에 바짝 붙어서 모른 척 걷기만 했다. 카리카는 맥슨에게 혼이 나고는 자숙하고 있었다. 물론 맥슨의 눈치만 보는 것이었지만 나한테는 너무나 편한 시간을 만들어주었다.

"저곳이 그린 족의 마을로 올라가는 산길이다."

눈앞에 벌판이 놓여 있었다. 그곳을 천천히 가로지르는 우리는 감회가 남달랐다. 그린 족의 마을로 오르는 입구에는 그들의 겨울 양식인 곡식 더미가 쌓여 있었다. 노노와 카라카는 처음 온 곳이라 덤덤하게 길을 걷고 있었지만 나는 곡식 더미까지 보자 마음을 진정할 수가 없었다. 이런 기분은 알프레드나 맥슨도 마찬가지일 것이다. 이 벌판에서 만났던 비룡(飛龍)인 와이번과 그와 싸웠던 양아버지 하우제터스 자작, 그리고 라이브 스톤 등이 사코치와 아만다 누나의 얼굴과 겹쳐서 한꺼번에 떠올랐다.

"시간이 많이 지났구나."

알프레드가 곡식 더미를 보며 3개월 조금 넘은 세월들을 돌아보았다.

"다들 잘 있겠지?"

나는 그린 족의 사람들을 생각하며 활짝 웃었다. 그러나 알프레드의 얼굴은 그렇게 밝지 못했다.

"그랬으면 좋겠구나."

알쏭달쏭한 대답을 한 알프레드가 앞으로 날아가 산길로 접어들었다.

"아만다가 잘 있을까?"

지나온 일들을 떠올리며 머리 속이 뒤죽박죽인 나와는 달리 맥슨은 온통 아만다 생각뿐일 것이다.

"사코치도 보고 싶구나."

알프레드는 단 며칠을 있는 동안 친구처럼 다정하게 지내던 그린 족의 족장을 그리워하고 있었다. 이곳에서 그의 도움이 절대적이었던 것은 나도 잊을 수가 없다.

"맥슨."

"예."

아만다를 그리며 산을 오르던 맥슨이 큰 스승을 보았다.

"아무리 급해도 사코치에게 먼저 인사를 해야 한다."

"당연히 그래야죠."

"잘할 수 있어?"

알프레드는 너무 순순히 받아들이는 맥슨을 이상한 눈으로 쳐다보았다.

"수업 잘 받는다고 했잖아요."

"정말 사람이 돼가나 보다."

비록 별거 아닌 예절 교육이었지만 한번 정도는 걸고 넘어갈 맥슨인데 신경이 다른 데 가 있는 것 같았다. 그는 많이 들떠 있었다.

"아만다, 내가 지금 가고 있어."

성큼성큼 올라가는 맥슨을 알프레드가 제지했다.

"모두 멈춰라!"

"왜요?"

"이상해서."

우리는 주변을 살폈다. 하지만 특별히 수상한 점은 없었다.

"큰 스승님, 앞에는 괜찮은데요?"

앞으로 몇 걸음 나가서 살피던 맥슨이 자리로 돌아왔다.

"이쪽도 괜찮아요."

"여기도."

양쪽으로 갈라졌던 노노와 카리카도 별일없음을 보고했다.

"하지만 너무 조용하다."

"……?"

"전에는 이쯤에 파수병이 있었는데 오늘은 인기척이 없다."

"그러고 보니 사람의 온기가 느껴지지 않네."

노노가 땅을 손으로 짚어보았다. 드래곤의 피가 흐르는 그는 온도에 민감했다.

"혹시?"

맥슨이 눈에 불안감이 스쳐 갔다.

"으음!"

이곳부터 들르자고 했던 알프레드도 불안하기는 마찬가지였다.

"알프레드, 무슨 일일까?"

나는 두 친구의 얼굴을 번갈아 보았다.

"아직 속단하기는 이르지만 조심들해라."

우리는 알프레드의 경고를 되새기며 천천히 그린 족의 마을로 향했다.

"아직도 사람의 온기가 없어."

"노노, 정확한 거야?"

맥슨이 노노를 바라보았다. 마을이 점점 가까워지고 있었지만 드래코니안의 감각에는 아무런 반응이 없는 것 같았다.

"드래곤들은 피부로써 바람에 실려오는 아주 미세한 온도까지도 느낄 수 있어."

"노노의 말이 맞다."

알프레드는 노노의 감각을 믿고 있었다.

"그렇다면 정말로 무슨 일이 생겼다는 거야?"

나도 모르게 주변을 살피며 말소리를 낮추어 물었다.

"그런 것 같아."

"이사를 간 것은 아닐까요?"

맥슨의 걱정은 그를 신중한 사람으로 만들어놓았다. 아만다에게 별 일없기를 바라는 마음에서 나온 의견이었다.

"벌판에 곡식을 쌓아놓고 이사를 가지는 않을 거야. 만일 겨울을 지내기 위한 식량을 두고 여기를 떠났다면 다급한 일이 생긴 거겠지."

알프레드의 말대로라면 그린 족이 여기에 머물고 있든지, 아니면 다른 장소로 이주(移住)를 했든지, 분명히 그들에게 문제가 생겼다는 것이다.

"어서 가봐요."

"그러자."

맥슨이 팔을 걷어붙이며 나서자 알프레드는 맥슨의 뒤를 따랐다.

"잠깐!"

노노가 둘을 막아섰다.

"왜?"

"조금 정리를 해봐야 되지 않나?"

"아만다에게 무슨 일이 생겼는지도 모르는데 지금 그런 거 따지게 됐어?"

맥슨은 서두르고 있었다.

"만일 그린 족까지 해적들하고 같은 일을 당했다면……."

노노는 우리를 둘러보았다.

"……?"

우리가 잠시 노노를 주목했다.

"함정일 수도 있어."

"함정?"

나의 시선은 노노를 지나 알프레드에게 꽂혔다. 그러나 큰 스승도 별 대꾸 없이 노노의 의견을 경청했다.

"누가 우리를 기다리고 있을 수도 있다는 거야?"

맥슨은 자신의 갈 길을 막은 노노에게 따지듯이 물었다.

"제크를 해친 놈들하고 같은 놈들이라면 철갑단이겠지."

"우리가 여기에 올 줄 어떻게 알고 기다려?"

노노의 의견에 맥슨이 의문을 가졌다. 우리의 원래 목적지는 헤라트의 성이었고, 그린 족의 마을로 발길을 돌린 건 알프레드의 갑작스러운 결정이었다. 누구도 우리가 이쪽으로 올 거라고는 짐작할 수가 없었다.

"놈들은 자국을 지우고 있는 거야."

"자국을 지우다니?"

카리카가 눈을 반짝였다.

"헤라트는 윌리암이 지나온 곳을 없애고 있어. 알프레드도 그것을 확인하려고 이쪽으로 먼저 온 거잖아. 다음은 하우제터스 자작을 찾아가는 거고."

"말도 꺼내지 않았는데도 내 계획을 알아채다니 노노도 대단하군."

알프레드가 노노의 판단을 수긍했다.

"척 보면 알지."

노노가 별거 아니라는 듯 어깨를 들썩였다. 나하고 맥슨은 그것도 모르고 알프레드가 노라하트를 지나는 길이라 잠시 친구를 찾아가는 줄 알았다. 그런데 큰 스승은 해적선의 경우만 보고 어떻게 그런 의심을 했는지 모를 일이다.

"그럼 헤라트는 우리가 그린 족을 찾아오든 오지 않든 상관없이 내가 지나쳤던 길목마다 지키고 있단 말야?"

나는 노노를 똑바로 쳐다보았다.

"아마 그 자작의 집에도 놈들이 왔다 갔을 거야."

"자작은 헤라트가 아끼는 부하야. 아무리 윌리엄하고 인연이 있다고 해도 함부로……."

맥슨이 노노의 말을 걸고넘어졌다. 그러나 알프레드가 맥슨의 생각을 잘라 버렸다.

"그것은 가보기 전에는 알 수 없다."

"알프레드, 그럼 이제 어떡해?"

나는 여기까지 온 게 허탈해졌다. 노노의 말대로 철갑단이나 헤라트의 부하들이 그린 족을 해치고 우리를 기다리고 있다면 굳이 서둘러서 마을로 갈 필요는 없었다. 확실한 것은 그린 족의 마을에 가봐야 알겠지만, 결과적으로 잘못된다면 지금 그냥 돌아가는 것보다 나을 것이 없었다.

"아구구……."

맥슨이 답답한지 이상한 신음을 토해냈다. 그 괴로워하는 모습을 지켜보던 카리카가 덩치 큰 주인 곁으로 다가왔다.

"주인님, 괜찮으세요?"

"아구구……."

맥슨은 자신의 가슴을 두드리며 신음 소리만 계속 냈다.

"주인님?"

카리카가 놀란 눈으로 맥슨의 어깨에 손을 올렸다.

"가자!"

"어디를요?"

맥슨은 카리카의 손을 잡고 무작정 산길을 올랐다.

"기다려!"

노노가 맥슨을 막아섰다.

"아만다가 궁금해서 못 참겠어."

"신중해야 해."

"지금 그런 거 따지게 됐어?"

맥슨은 노노를 밀치고 앞으로 나갔다.

"위험하다니까!"

"아만다는 죽었을지도 몰라!"

"잘못하면 헤라트에게 가기도 전에 우리가 먼저 죽을 수도 있어."

"노노, 너는 내 부하야. 무조건 내 명령에 따라야 해!"

"그렇긴 하지만 주인을 위험에 빠지지 않게 하는 것도 부하가 할 도리야."

맥슨과 노노가 티격태격 다투었다.

"별일없을 테니 일단은 가보자."

알프레드가 맥슨에게 힘을 실어주었다.

"알프레드?"

노노가 믿을 수 없다는 표정이다. 그동안 함께 지내면서 큰 스승만큼 조심스럽고 확실한 사람은 없었다. 그런데 앞에 적이 있을지도 모르는데 그냥 가자고 하다니 나 역시 얼른 이해가 되지 않았다.

"놈들이 우리의 자국들을 지우고 있는 것은 맞는 것 같아. 그렇더라도 함정을 파고 기다리지는 않을 거야."

"어째서?"

"기다릴 마음이 있었으면 해적선에서부터 그렇게 했겠지. 죽은 영혼까지 마법을 걸어서 기억을 지워 버리는 놈들인데 우리를 기다리는 것은 어려운 일이 아닐 거야. 그리고 만일 그린 족의 마을에서 놈들이 기다리고 있었다면 그것은 하이드랜드의 계략이 탄로난 거겠지. 헤라트는 아직 윌리암의 삼촌들이 잡혀 있는 것을 모를 테니까."

"따라서 내가 대륙으로 나온 사실도 모르겠지."

나는 알프레드의 설명에 종지부를 찍었다.

"그럼 헤라트가 아니란 말야? 공간 이동을 할 수 있는 부대는 철갑단이라고 했잖아."

"그렇지."

알프레드도 여기서 막히나 보다. 질문을 던진 노노를 멍하니 바라만 보았다.

"카리카, 들었지?"

"뭘요?"

맥슨이 서두르자 카리카가 당황했다.

"마을에 아무도 없다고 하잖아."

"아… 예."

카리카는 알프레드를 쳐다보았다. 마치 큰 스승의 말을 믿어도 될까 하는 눈치 같았다.

"나도 같이 가자!"

노노가 나섰다. 그는 알프레드의 설명을 이해했다.

"어서!"

맥슨은 두 명의 부하를 데리고 빠르게 달려갔다.

"윌리암, 우리도 가자."

"어엉!"

나와 알프레드가 그 뒤를 따랐다.

"맥슨, 흥분하지는 마라!"

알프레드는 앞서서 정신없이 달려가는 맥슨을 벌써부터 달랬다. 자신이 한번 선택한 일이나 사람에게는 목숨을 걸어 최선을 다하는 덩치 큰 친구가 혹시라도 아만다의 잘못된 모습을 본다면 무슨 짓을 할지 몰랐다.

"다 왔다!"

맥슨이 소리쳤다. 그는 숲을 돌아 우리가 파티를 열었던 마을 공터로 들어섰다.

"이럴 수가……."

"어라?"

"주인님!"

앞서 가던 일행들이 동시에 멈추었다.

"어떻게 됐어?"

내가 맥슨의 등을 짚으며 앞으로 나섰다.

"이런!"

"으음!"

뒤이어 알프레드의 신음 소리가 따라왔다.

"마을이 없어졌어."

설명이 필요없었다. 이곳에 그린 족이 살았다는 자체가 의심스러울 정도로 흔적 하나 없이 마을은 사라지고 없었다. 집들이 있던 자리만이 아직 풀이 덜 자란 탓에 여기저기 허옇게 흩어져서 마치 무슨 표시를 수놓은 것처럼 보였다. 그 자리의 구석구석에 숏아난 작은 풀로 짐작해서는 적어도 2개월 전쯤 당한 듯했다.

"이렇게 철저하게 없앨 수 있는 거야?"

나는 벌린 입을 다물지 못했다.

"여기가 맞아요?"

카리카는 믿을 수 없다는 표정이다.

"마법이라도 웬만한 실력으로는 이렇게까지 할 수 없을 텐데 대단하군."

노노가 혀를 찼다.

"정말 철갑단인가?"

알프레드가 고개를 조아렸다. 그때 맥슨이 소리치기 시작했다.

"아만다!"

맥슨은 어디부터 가야 할지 모르고 있었다. 그저 소리나 지르면서 우왕좌왕했다.

"아만다!"

마을이 사라진 공터는 넓은 광장만큼이나 훤하게 펼쳐져 있었다. 따라서 찾고 안 찾고 할 문제가 아니었다.

"주인님, 진정하세요."

카리카가 어쩔 줄 모르는 맥슨을 달랬다.

"이놈들!"

맥슨은 이를 갈았다.

꽝!

옆에 있던 나무가 맥슨의 주먹 한 방에 뿌리마저 흔들렸다.

"전부 죽었겠지?"

"……."

알프레드는 노노의 물음에 답하지 않았다. 그러자 노노가 큰 스승의 마음을 읽었는지 고개를 끄덕이며 안쓰러운 표정으로 맥슨을 쳐다보았다. 죽은 자들의 영혼마저 기억을 지울 정도이니 살아 있는 사람을 그냥 두지는 않았을 것이다.

"맥슨, 그만 가자."

내가 펄쩍펄쩍 날뛰는 맥슨을 조용히 잡아끌었다.

"윌리암……."

맥슨의 눈가가 일렁거렸다.

"맥슨……."

나도 모르게 덩치 큰 친구의 일그러진 얼굴을 보자 슬픔이 밀려왔다. 아만다 누나의 초록색 머릿결이 어슴푸레 떠올랐다.

"주인님, 어서 가서 복수해요!"

카리카가 전투적으로 나섰다.

"그래, 복수해야지."

"나도 그냥 두진 않는다."

나는 '헤데지바의 거울'을 힘껏 잡았다.

"철갑단이라면 헤라트의 최정예 부대야. 그것도 마법 기마대지."

노노가 복수의 의지를 다지는 우리에게 찬물을 끼얹었다.

"무슨 뜻으로 그런 말을 하는 거지?"

"복수를 하려면 제대로 하자는 거야. 지금 자네들의 심정이야 충분히 이해하지만 감정에 치우쳐서 일을 그르치지 말자는 뜻이야."

"노노의 말이 맞다. 그리고 철갑단의 짓이라는 증거도 아직은 없다. 결론은 복수할 대상이 아직 밝혀지지 않았다는 거야."

"철갑단 이외에는 이런 짓을 할 놈들은 없다면서요?!"

맥슨이 알프레드에게 따졌다.

"세상은 넓다. 확실한 것을 알기 전에는 함부로 속단하지 마라."

"으그그… 미치겠네!"

내 눈앞으로 커다란 주먹이 불끈했다.

꽝!

땅 꺼지는 소리가 들리고 나무가 쓰러졌다. 그 사이로 얼굴이 뻘겋게 달아오른 맥슨이 주먹을 꼭 쥐고 있었다.

"아만다—!"

맥슨이 사랑하는 여인의 이름을 큰 소리로 불렀다.

"흑흑흑! 주인님……!"

카리카가 비명에 가까운 소리를 지르는 맥슨을 보며 울먹거렸다. 잠시 침묵이 흐르며 죽은 자들을 위로하듯 숙연해졌다.

"한 군데만 더 가보자. 그곳에 가면 거의 놈들의 정체를 밝힐 수 있을지도 모른다."

알프레드는 적당히 시간이 지나자 우리 일행을 왔던 방향으로 돌려세웠다.

"하우제터스 자작에게?"

나는 부상을 당하고 그린 족의 마을을 떠나던 자작을 잊을 수가 없었다. 나와의 인연이 끝이 아니라던 그의 목소리도 또렷했다.

"갈 거면 빨리 가요!"

맥슨이 앞장을 섰다.

"잠깐!"

알프레드가 발길을 멈추었다.

"또 왜 그래요?"

복수 때문에 마음이 급한 맥슨이 알프레드를 못마땅한 표정으로 바라보았다.

"이 근처에 가볼 데가 한 군데 더 있다."

"어디요?"

"저쪽."

알프레드가 손가락으로 한 방향을 가리켰다.

"타이맨의 동굴?"

"거기도 우리가 지나온 길이다."

"그럼 거기부터 어서 가요."

맥슨은 정신을 못 차리는 듯했다. 그 동굴에서 처음 만나 업고 내려왔던 아만다를 그는 잊지 못할 것이다.

"오히려 타이맨들의 상태를 알아보는 게 침입자들이 정체를 아는 데 더 큰 도움이 될 것이다."

알프레드가 서두르는 맥슨의 뒷모습을 보며 중얼거렸다.

"어느 정도 추측은 하고 있나 보군."

노노가 알프레드 곁에 섰다.

"둘 중 하나지."

"둘이라고?"

"가보면 알겠지."

알프레드는 더 이상 말하지 않았다. 확실하지 않으면 짐작조차 함부로 말하지 않는 게 큰 스승의 성격이었다.

"이제야 배에서 내리기 전에 나를 꼼짝 못하게 만든 이유를 알겠어."

노노는 쓴웃음을 지었다.

"내가 그랬잖아. 자네하고는 상관없는 일이라 순순히 쫓아다니지 않을 것 같아 미리 잡아놓으려고 그랬다고."

알프레드도 씁쓸히 웃으면서 맞받아쳤다. 그러나 노노는 손을 가로저었다.

"그거 말고 혼자서 끙끙거리는 그 성격 말야. 월리암이나 맥슨도 고개를 절레절레 흔들기에 어떤가 했는데, 내가 당하니까 도저히 궁금해서 못 참겠네."

"그런데?"

"말 잘 듣기로 했으니까 직접 말해 줄 때까지는 참아야지 별수있나?"

"알았으면 내가 말할 때까지 가만히 있게."

"후후후, 그러지."

노노와 알프레드가 맥슨의 뒤를 쫓으며 얘기를 주고받는 사이 카리카의 째지는 목소리가 우리의 귓가를 자극했다.

"동굴이다!"

카리카가 맥슨보다 먼저 타이맨들의 동굴에 도착한 것이다.

"카리카! 동굴 안에 누가 있는지 확인해 봐!"

"알았어요, 주인님!"

날렵한 몸놀림으로 동굴에 들어서는 카리카가 보였다. 우리는 걸음을 빨리해서 맥슨의 뒤에 바짝 붙었다.

"뭐가 있냐?"

맥슨이 카리카에게 물었다.

"아무것도 없어요."

"타이맨들도 당한 건가?"

나는 동굴로 들어서자마자 주변을 둘러보았다.

"그런 거 같지는 않다. 여기저기 횃불이 걸려 있는 것을 보면 누군가 살긴 사나 보다."

"그런데 왜 아무도 안 보이지?"

맥슨은 조심스럽게 두리번거렸다.

"아악!"

그때 동굴의 구석구석을 뒤지던 카리카가 비명을 질렀다.

"왜 그래?"

"시, 시체다!"

우리는 모두 카리카 쪽으로 달려갔다. 바위들이 몇 개씩 모여 있던 동굴의 구석 자리였다.

"도대체 어떤 놈들이 이렇게 잔인한 짓을!"

"주인님, 놈들을 용서할 수가 없어요!"

세상에 무서운 것이 없을 것 같던 카리카가 충격으로 비명을 지를 만큼 바위들 틈새에 쌓여 있던 시체들은 뒤틀려져 썩고 있었다. 그 모습은 지하 세계에 있던 언데드들보다도 더 끔찍했다. 귀가 쫑긋한 것으로 봐서 타이맨들이 틀림없었다.

"이상하군."

노노가 시체들을 살폈다.

"뭐가?"

옆에서 뒤적거리던 맥슨이 노노를 바라보았다.

"타이맨들이 죽은 시기는 그린 족과 같아. 물론 시체가 썩지 않은 것은 동굴의 온도가 낮아서지만 정말 이상한 것은 놈들이 시체를 남겨놓았다는 거야."

"그러네. 제크나 그린 족은 흔적도 없이 처리했잖아."

나는 인상을 쓰며 타이맨들의 시체를 보았다.

"매우 다급했거나 시체를 치울 필요가 없었나 보다."

알프레드가 동굴의 상태를 살피며 짐작을 말하였다.

"시체를 없애지 못할 정도로 다급한 상황은 한 가지뿐인데……."

큰 스승의 말을 받은 노노가 턱을 쓰다듬었다.

"누군가 놈들의 일을 방해한 거지. 하지만 내가 보기에는 시체를 처리할 필요가 없었던 것 같다. 비록 멜리카나 때문에 소용없는 짓이 되었지만 해적선은 불을 질렀고, 그린 족은 작은 흔적조차 남기지 않았는데 타이맨들은 구석에 시체만 쌓여 있으니……."

알프레드는 우리에게 차례대로 시선을 주었다.

"큰 스승님, 그러니까 타이맨들이 몰살을 당했어도 해적들이나 그린 족만큼 중요하지는 않았다는 말이군요."

아직도 씩씩거리고 있는 맥슨이 시체들을 들춰보았다.

"그렇지."

"나는 이해가 되지 않아."

내가 알프레드를 바라보았다.

"누가 시체를 쌓아놓았는지?"

"엉."

역시 큰 스승도 나하고 같은 생각을 하고 있었다.

"놈들이 쌓아놓았겠지."

맥슨은 별거 아니라는 투다.

"처리할 필요도 없는 시체들을 뭐 하러 힘들여서 한곳에 쌓아놓겠어?"

나는 덩치 큰 친구에게 반문했다.

"다른 사람이 이 동굴에 산다는 말인가?"

노노가 나를 보며 고개를 갸웃뚱거렸다.

"글쎄……."

많은 의문점이 떠오르기 시작했다.

"카리카!"

알프레드가 눈망울만 초롱거리는 요정을 불렀다.

"동굴 입구부터 여기까지 우리 말고 다른 발자국이 있나 살펴봐
라."

"알았어."

우리들의 대화 중에 한마디도 나서지 못하던 카리카는 자신에게 중
요한 임무가 떨어지자 반색을 하면서 동굴의 입구로 다가갔다.

"카리카, 다른 사람들의 흔적이 있어?"

"잠시만! 지금 찾고 있는 중이야."

동굴 입구를 살피는 카리카의 눈에서 노란 광채가 나오고 있었다.
마법으로 지워진 자국들을 찾는 듯했다. 한참을 심각한 표정으로 땅
위를 훑어보던 그녀가 우리 쪽으로 달려왔다.

"많은 사람들이 들어왔어."

"얼마나?"

맥슨은 신경을 곤두세우고 있었다. 조그만 증거라도 잡아야 아만다
의 복수를 할 수 있을 것이다.

"주인님, 여러 종류의 사람들이 들어온 것 같아요. 적어도 3종류의
다른 종족들이 이리로 들어왔어요."

"그중 하나는 타이맨들일 테고……."

노노가 말을 끄집어내는 카리카의 입술을 쳐다보았다.

"지워진 정도로 봐서는 같은 시기야."

"이상한 점은 없어?"

내가 얼른 물어보았다.

"다른 두 종류의 발자국은 무척이나 다급했던 것 같아. 앞쪽이 깊고 보폭이 넓은 게 뛰어서 들어온 게 틀림없어."

"나간 발자국은?"

알프레드가 심각하게 카리카를 바라보았다.

"나간 건……."

카리카가 머뭇거렸다.

"몇 종류의 사람들이 나갔지?"

"그게……."

"도대체 뭘 보고 온 거야?!"

알프레드는 인상을 썼다. 항상 인자하던 큰 스승이었지만 이상하게 카리카의 잘못은 그냥 넘어가지 않았다.

"주인님 아빠가 들어온 발자국만 살피라고 했잖아."

면박을 당한 카리카의 얼굴이 울상으로 변하였다.

"그걸 꼭 말해야 알아? 어찌 그리 생각이 없냐?"

알프레드는 카리카를 몰아세우다가 맥슨을 바라보았다.

"저한테 뭐라고 하지 마요."

"알긴 알아?"

"지금 기분이 엉망이니까 건들지 마세요."

맥슨이 눈을 부라렸다.

"어구구, 무서워라."

알프레드는 한마디 하려는 입을 닫아버렸다. 그만큼 덩치 큰 친구의 심정은 정상이 아니었다. 하기야 나도 아만다 누나의 죽음 때문에 가슴이 답답한데 맥슨이야 말할 것도 없었다.

"타이맨 족은 빼고 나머지 두 부류의 종족이 동굴에 들어왔다면 나간 것도 그렇겠죠. 여긴 타이맨들 이외에는 아무도 없어요."

"내가 알아볼게."

카리카가 당하는 게 안쓰러웠는지 노노가 알프레드의 눈치를 살피며 동굴 입구 쪽으로 달려갔다. 그때 천장에서 검은 그림자가 내려앉았다.

"죽어라!"

여자였다.

"이런?!"

갑자기 나타난 여자 때문에 깜짝 놀랐다. 하지만 노노는 나이도 모를 정도로 오래 산 드래코니안이었다. 금세 자세를 가다듬고 여자의 공격을 슬쩍 피했다.

"이번에는 어림없다!"

여자는 두 손으로 몽둥이를 쥐고 있었다.

휘익!

바람 가르는 소리가 싸늘하게 들렸다. 여자는 가냘픈 몸매였지만 이를 악물고 노노를 공격했다. 모자를 눌러쓴 여자는 단정한 옷차림이었다.

"후후후."

노노는 여자의 공격을 피하면서 웃고 있었다. 그녀의 의욕은 대단했지만 싸움은 전혀 모르는 듯했다.

"이얍!"

몽둥이가 위에서 아래로 내려왔다.

턱!

노노는 한 손으로 가볍게 여자의 몽둥이를 잡았다.

"이제 그만 하지."

"놔!"

여자는 기를 쓰고 노노의 손에서 몽둥이를 빼내려고 했다.

"그렇게 죽고 싶은가?"

"복수할 거야!"

노노가 여자를 지그시 바라보았다.

"감히 누구에게 덤비는 거야!"

또 다른 여자의 목소리가 우리 중에서 터져 나왔다.

"……?"

여자는 몽둥이를 잡고 있는 사내의 다른 일행들을 보자 놀란 모습이었다. 우리의 존재는 눈치 못 채고 있었나 보다.

"노노, 기다려."

카리카가 둘 사이에 끼어들었다.

"참아. 다 끝났어."

"아냐. 내가 혼내주겠어!"

"이……."

여자는 당황하며 잡혀 있는 몽둥이를 계속 잡아당겼다. 그냥 놓으면 될 텐데 그녀는 몽둥이에 대해서 강한 집착을 보이고 있었다.

철썩!

카리카의 손이 빠르게 허공을 가르며 여자의 뺨을 후려쳤다.

"으읍!"

여자는 신음 소리 하나 내지 않고 카리카를 노려보았다. 입가에 피멍이 잡히고 있었다.

"아직도 덤비겠다는 거야?"

카리카가 다시 손을 들었다.

"나도 죽여라!"

여자는 눈을 감았다.

철썩!

두 번째 허공을 가른 카리카의 손이 여자의 얼굴에 떨어지며 그녀의 모자가 떨어졌다.

"초록색이다!"

맥슨의 눈이 휘둥그레졌다. 찰랑거리는 여자의 머리칼은 초록색이었다.

"그린 족이잖아?!"

"어서 가보자!"

나와 맥슨은 허둥지둥 알프레드의 뒤를 따랐다.

"잠깐!"

맥슨이 다시 한 번 손을 치켜든 카리카를 말렸다. 그 순간 여자의 고개가 우리 쪽으로 돌아오며 눈망울이 점점 크게 확대되기 시작했다.

"어!"

나는 그 자리에 멈추고 말았다. 머리칼과 같은 색의 커다란 눈망울, 오똑한 코와 그 아래 빨간 입술… 내가 아는 여자였다.

"아… 만다……."

맥슨은 휘청거리며 아만다에게 다가갔다.

"살아 있었구나!"

알프레드가 무척이나 기뻐했다.

"아만다!"

맥슨이 아만다를 껴안았다.

"매, 맥슨… 흑흑흑!"

아만다는 맥슨의 품에 안겨 울기만 했다.

"괜찮아, 이제는 괜찮아."

맥슨이 아만다의 눈가를 닦아주며 등을 쓰다듬었다.

"아만다, 아버지는 어떻게 됐지?"

알프레드는 사코치의 안부부터 물었다.

"놈들에게 죽었어요."

"그놈들이 누구였죠?"

아직도 몽둥이를 쥐고 있던 노노가 바짝 다가왔다.

"저도 몰라요."

울음을 겨우 그친 아만다가 고개를 숙였다.

"누나!"

나는 그제야 아만다에게 안겨들었다.

"윌리암, 잘 지냈어?"

"엉."

아버지가 죽었다는 아만다의 처지가 괜히 마음 아파왔다.

"왜 놈들의 정체를 모르죠?"

노노는 재회를 하는 우리가 잠시 틈을 보이자 다시 달라붙었다. 그는 우리의 감격적인 재회에는 관심이 없는 듯했다.

"그게……."

"우선은 좀 쉬고 얘기는 천천히 하자."

맥슨이 아마다를 감싸며 노노의 궁금증을 뒤로 밀었다.

"이쪽으로 앉자."

알프레드가 자리를 잡아주었다.

"이 여자는 누구죠?"

상황이 수습되고 아만다는 어느 정도 마음이 진정되자 맥슨에게 카리카의 정체를 물어보았다. 두 대의 따귀를 맞은 게 아픈지 손으로 얼굴을 매만지고 있었다.

"나는 맥슨님의 종이야."

카리카가 눈 하나 깜박이지 않고 대답했다.

"종이라고?"

아마다가 맥슨하고 카리카를 번갈아 바라보았다. 그녀의 표정이 서서히 굳어졌다.

"어떻게 나를 두고 다른 여자와 그럴 수가 있죠?"

"……?"

우리는 아만다의 생각지도 못한 말을 들으며 그 뜻을 한참 생각하다가 그녀가 벌떡 일어나는 것을 보고 심각한 말인 것을 알았다.

"카리카하고 나는 아무 사이도 아냐. 다른 여자라니, 그게 무슨 뜻이야?"

"그렇다면 여자가 남자의 종이 되는 이유는 뭐죠?"

아만다는 고개를 바짝 들었다.

"당연히 좋아하는 사이지."

예쁜 것에 목숨 걸던 카리카가 새침하게 대답했다. 그녀에게 있어서 아만다의 초록색 매력은 질투의 대상 같았다.

"카리카! 그만 하지 못해!"

맥슨이 소리를 질렀다.

"그럴 필요 없어요."

일어나 있던 아만다가 화를 내며 자리를 벗어났다.

"아니라니까."

맥슨이 얼른 아만다를 안았다.

"놔요!"

"내 말을 들어봐."

"흥! 둘이 언제 결혼할 거죠?"

"결혼?"

쩔쩔매는 맥슨을 보면서 불쌍한 생각이 들었다.

"내가 그냥 있을 줄 알아? 둘이 쉽게는 결혼하지 못할 거야!"

아만다는 아예 대놓고 맥슨을 저주했다.

"흥분하지 말고……."

맥슨이 아만다를 달래려는 순간이었다.

"여자에게서 그 더러운 손 떼지 못해!"

"……?"

어느 틈엔가 텁수룩한 남자가 맥슨과 아만다를 가로막고 있었다.

<5권으로 이어집니다>

# 기사와 건달
## (Knight & Libertine)

장삼 판타지 장편 소설 / 1~3 / 값 7,500원

## 2001년식 新 인간시장!
## 중세의 기사와 소림사의 고승, 그리고 당대의 건달(乾達)이
## 시공을 초월해 펼치는 풍자와 역설의 미학

"나 박달삼은 맥시…뭐냐, 하여간 크루터님에게 충성을 바칠 것이며 최선을 다해
주인겸 형님으로 모실 것을 맹세합니다. 하지만 주인님이 사나이답지 않은 비겁한 짓을 하거나
먼저 배신을 때릴 때는 말짱 꽝이 되는 것은 물론, 언제라도 뒤통수를 치겠다는 것 또한 맹세합니다."

돌주먹 건달(乾達)에서 기사의 시종이 된 박달삼.
소멸의 위험을 기꺼이 감수하고라도 이루어야 하는 사명을 위해, 세상을 더럽히는 쓰레기 같은
인간들을 쓸어버리기 위해, 그리고 사랑하는 사람을 위해….
죽일 놈은 죽이고, 혼나야 할 놈은 혼내는 기사와 시종의 행보는 거칠 것이 없다.

# 신인작가 모집

**시작이 반이라고 했습니다.**
**작가의 길에 대한 보이지 않는 벽을 과감히 깨뜨리십시오!**
**청어람은 작가 지망생 여러분들의**
**멋진 방향타가 되어 드리겠습니다.**

저희 도서출판 청어람에서는
판타지 소설 신인 작가분들을 모집합니다.
판타지 소설을 사랑하시는 분들의 많은 참여를 바랍니다.
소정의 원고(A4용지 150매)를 메일이나 우편으로 보내주시면
검토 후 출판 여부를 알려 드리겠습니다.

주소:경기도 부천시 원미구 심곡1동 350-1 남성B/D 3F · 우편번호420-011
TEL:032-656-4452 · FAX:032-656-4453
e-mail:eoram99@chollian.net

# STAR OF SHARON

## 우리의 희망 윌리암 "네가 이룰 것이다!"

온갖 악으로 세상을 집어삼키려는 칼마르 제국의 마법사 헤라트.
이에 맞서 자유와 평화를 되찾으려는 샤론 족의 아들 윌리암.
그가 마침내 리쿠스 신의 예언에 따라 자유로의 첫발을
내딛기 시작했다.

저주받은 종족들을 위하여,
아버지의 이름을 되찾기 위하여,
신들을 대신해 암흑에 빠진 세상을 구하기 위하여……

ISBN 89-5505-141-7
ISBN 89-5505-110-7(SET)

값 7,500원